◀ **아크릴화** 아이스 유미코 작   **색연필화** 방순희 작 ▶

시끄러워도
도서관입니다

시끄러워도
도서관입니다

골목길 작은도서관에서 펼쳐진
이웃들의 이야기

박지현·백미숙 지음

생각비행

초록길이라는 행성에 오신
여러분을 환영합니다

"예쁘다. 참 예쁘다." 오늘도 결국 이 말을 해 버렸다. 집에서 나와 오른쪽으로 오십 걸음 그리고 다시 오른쪽으로 스무 걸음 남짓 걸으면 만나는 도서관 앞의 꽃이 나를 이렇게 만들었다. 가을이 왔고 낙엽이 조금씩 쓸쓸해져 갈 즈음이었다. 꽃이 돋아날 때부터 마음을 빼앗겼더랬다. 거리낌 없이 연하게 분홍해 오는 이파리의 중앙부를 옅은 회색이 감싸는 꽃잎의 색깔에 대놓고 나는 "예쁘다, 예쁘다." 했다. 지난가을엔 하루에 세 번 넘게 말한 적도 있다. 꽃은 뜬금없이 대드는 나를 향해 한 번도 낯빛을 흐트러트린 적이 없었다. 저녁에 인사하고 나면 오히려 다음 날에는 한두 송이씩 더

꽃피워 주었고 꽃 앞을 서성이는 시간도 점점 길어졌다. 한낮이 되면 꽃잎은 햇살을 품으며 세상에 없는 빛깔을 보여주기도 했는데 자랑하기엔 쑥스러운 그러나 수줍어 숨어 있기엔 너무 아까운 연분홍이었다. '일일초'라고 했다. 바오바브나무가 산다는 아프리카의 먼 행성 같은 섬 마다가스카르에서 태어나 이곳까지 날아왔다.

나는 도서관에 앉아 《어린 왕자》를 읽고 있다. 먼저 와서 자리 잡은 여인들은 일상의 담소를 나누고 있었다. 낯익지는 않지만 낯설지도 않은 아주 자연스러운 환대를 받으며 구석에 자리를 잡았다. 보아뱀이 코끼리를 삼킨 그림을 보고 있는 사이에는 딸랑 벨이 울리며 한 아이가 들어왔다. "안녕하세요." 목소리가 일일초 꽃잎의 분홍 위를 구르는 물방울 같았다. "어서 와." 아이보다 톤이 조금 낮은 목소리가 들렸다. 마치 "코끼리가 보이거나 보이지 않거나 상관없이 지리나 산수나 문법이나 공부하라고 다그치는 그런 어른들은 아니란다."라고 속삭이는 듯한 따뜻함이 있었다. 어린 왕자가 소행성 326호에서 혼자 살고 있는 허영쟁이를 만날 때쯤 또 몇 명의 아이가 들어왔다. 역시 경쾌한 인사를 나누었고 그들은 그럴 때마다 까르르 웃음을 잊지 않았다. 그때 하필 나는 몇 년 전 여름 도서관 앞에 심은 동백나무가 분실된 일을 떠올리게 되었을까. "괘씸한 사람 같으니라구, 나뭇가지 위에 얹히는 석양을 기다리지는 못할망정, 수백만 개의 별 중 하나밖에 없는 꽃의 안녕을 기도해 주지는 못할망정 채 뿌리내리지도 못한 소망 한 덩이를 통째로 훔쳐 가다니."

　초록길도서관 12년의 흔적을 담은 책 《시끄러워도 도서관입니다》를 읽으면서 가장 화가 났던 이 부분을 도서관에 앉아 다시 생각하는 일은 흔한 어른들의 어법으로 말하자면 '쓸데없는 일'이다. 도서관에서 화가 날 일을 만난다는 것은 꿈속에서 떡 얻어먹는 일보다 더 어렵기 때문이다. 봄꽃 몽우리가 채 영글기 전 내가 하는 일은 도서관 문 앞에 양쪽으로 입춘방을 붙이는 것이었다. 누구도 싫다 하지 않았고 한 달여 정도는 쉬이 떨어지지 않으니 해가 더해 갈수록 나는 일종의 책임감마저 느끼고 있는 것이다. 아침에 나가면서도 흘낏, 저녁에 들어오면서도 흘낏, 그렇게 초록길과 인사하며 12년을 보냈다. 초록길도서관이 만들었던 아름다운 기억은 이 책에 세세하게 적혀 있고 그것은 도서관뿐만 아니라 이 골목에 살고 있는 내 삶의 기록이기도 하다. 봄마다 미스김라일락의 향기에 코를 갖다 대고 가을 과꽃잎이 말라갈 때쯤엔 이파리 몇 개를 슬쩍 도둑질해 온 적도 있다. 한겨울 이 골목에도 눈발이 내리면 도서관 앞 계단에 앉아 가로등 아래로 떨어지는 눈 알갱이를 세어 본 적도 있다. "외로운 사람들은 어디로 가서 해마다 첫눈으로 내린다"(정호승 시 〈또 기다리는 편지〉)는데 외로운 눈발은 도서관 유리창에 들러붙어 아직도 남아 있는 사람의 온기에 손 내미는 것이다. 꽃 앞에서 감사한 시간이었으나 꽃씨를 뿌린 사람의 손에 더 감사한 시간이었다. 아이들의 철없는 웃음에 감사한 시간이었으나 아이들을 보듬고 함께 철없어지는 어른들의 너른 품에 더 감사한 시간이었다. 이제 이 글을 읽는 분들께서 스스로를 증명하는 시간이 되었다. 초록길의 12년을 함께 걸으며 이곳이 어린 왕자가 살았고 몸이 무거워 영혼으로만 다시 돌아간 빛나는 별이란 걸 부러워해 준다면 당신은 참 예쁜 사람이, 그야말로 더없이 예쁜 사람이 된다.

"사막이 아름다운 건 그 안에 우물이 있기 때문이야."

적당히 시끌벅적한 도서관의 문이 다시 딸랑하고 울린다. 금세 어린 왕자 몇 명이 초록길이라는 아름다운 행성의 문을 열고 들어왔다.

초록길도서관의 이웃, 가수, 작가

이지상

초록길도서관을
응원하는 작가들

12년간 초록길도서관에 많은 작가님이 다녀가셨다. 시를 가르치고 문학을 이야기하고 동화쓰기 수업을 진행하였다. 재미있게 읽은 책의 작가를 만나 이야기 듣는 가슴 벅찬 시간도 누렸다. 우리의 이야기를 글로, 책으로 엮어 낼 수 있도록 용기를 주었다. 빛나는 작가들의 방문으로 역촌동 골목길에 아름다운 문화의 꽃을 피워 낼 수 있었다.

초록길도서관을 찾아가던 날들이 생각납니다. 역촌동의 거실처럼 편한 곳, 싱그러운 에너지가 넘치는 공간에서 우리는 시를 읽고 시를 썼지요. 그로부터 시간이 지나 어느덧 열두 살. 어린 싹들을 품어 안고 열두 해를 걸어온 초록길도서관, 수고 많았습니다. 고맙습니다. **김미혜 동시작가**

2022년 늦은 봄에 시작해 총 여덟 번에 걸쳐 진행된 '난생처음 동화쓰기' 교실이 아직도 제 기억 속에 생생한데요. 예정된 수업 시간을 훌쩍 넘기며 주고받은 수많은 이야기가 《안녕? 나의 동화》라는 작품집으로 출간되었죠. 초록길에서 만난 소중한 인연에 감사드리며, 앞으로도 멋진 행보를 응원합니다.   **김아영 동화작가**

안녕하세요? 초록길도서관 선생님들, 저는 2017년 겨울에 만났던 김태호 작가입니다. 신인 작가를 열렬히 환대해 주신 행복한 기억은 작가 생활에 지금도 큰 힘이 되고 있습니다. 12년을 달려온 초록길도서관이 더 오랜 시간 도심 속 행복 배움터로 이어가길 응원합니다.   **김태호 동화작가**

학부모 대상이기는 했지만 초록길도서관에서 시 낭송을 했다. "하지 마, 아냐 안 돼." 이런 강제적이며 윽박지르는 말보다 "그래 우리 함께 하자."는 말은 얼마나 듣기 좋으냐. 아이들이 학교도서관에서 뛰어다니고 떠든다고 벌을 세우고 내쫓는 모습을 보고 내가 사는 지리산 자락 사람들이 나서서 '책 보따리'라는 작은 마을도서관을 만든 적이 있다. 도서관에서도 웃고 떠들며 뛰어다닐 수 있다니!

초록길도서관에서 마음대로 뛰어노는, 그러나 스스로 만들어 가는 수업 일정이며 약속은 꼭 지킨다는 아이들은 얼마나 씩씩하고 행복할까. 이 책은 도서관을 만드는 일에 앞장서서 지금까지 함께해 온 도서관장이며 도서관 아이들의 큰엄마가 되어 준 이의 생생한 일기다. 즐겁고 명랑한 도서관을 만들어 가는 지침서 《시끄러워도 도서관입니다》의 초록길 일기 속에 나오는 코끼리 선생님의 수업을 나도 한번 받고 싶은데 물론 절대로 안 끼워 주겠지.　　　　박남준 시인

부모 복, 자식 복, 먹을 복… 같은 말을 흔히 쓰지요. 초록길도서관을 생각하면, 그 동네 사람들은 이웃 복이 있다는 생각이 먼저 떠올라요. 꽃나무 한 그루만 서 있어도 골목이 환한데, 초록길도서관이 있으니 동네가 얼마나 미덥고 정겨워요. 지난 십여 년 동안, 참 많은 마법이 그곳에서 이루어졌음을 압니다. 말 못 할 어려움이 많았겠지만, 도서관을 함께 지켜 온 분들도 복됩니다. 사람답게, 어른답게 살기가 어디

쉬운가요. 그리 살아오셨음을 축하드려요.

선안나 동화작가

어린이의 마음을 소중히 여기며 길을 다져 온 초록길도서관
의 12년을 축하합니다. 한결같은 마음으로 책의 온기를 전
해 온 초록길도서관이 앞으로 펼치게 될 이야기를 기대하고
응원합니다! 송미경 동화작가

초록길도서관의 개관 12주년을 진심으로 축하드립니다! 초
록길도서관은 21세기의 진정한 '두레' 역할로써, 어린이들
의 참된 교육과 이웃과의 소통의 표본이라고 생각합니다.
초록길도서관의 이런 기획과 활동들이 전국의 수많은 도서
관에 들불처럼 퍼져 나가길 기원합니다.

신원미 동화작가

은평구 역촌동 한 골목에 초록길도서관이 있다. 어른, 아이
할 것 없이 모여들어 떠들썩한 활기로 가득 찬 공간이다. 모
두가 주인이고 손님이다. 사라져 가는 마을 공동체를 주민

자율운영 'CPR'을 통하여 회생시켰다. 한 골목 한 작은 도서관을 꿈꾸는 무모함이 만든 아름다운 공간이다. 이 책은 그 12년 좌충우돌을 정리한 보고서이자 같은 꿈을 꾸는 마을에 전하는 지침서다. **안상학 시인**

역촌동 작은 골목에 이름도 예쁜 초록길도서관의 12주년을 축하드립니다. 문득 충무로에서 은평구로 이사 와 제가 아끼던 책들을 1톤 트럭에 실어 보내던 일이 떠오르네요. 지금도 도서관 서가 어디쯤 꽂혀 있을 걸 생각하면 괜히 뿌듯해집니다. 또 도서관 주최로 제가 쓴 역사동화들에 관한 이야기를 나누었던 것도 그렇고요. 앞으로도 작은 골목을 밝히는 등불처럼 주민 모두에게 따스하고, 끌리는 도서관이 되길 빕니다. **이규희 동화작가**

서울에 이렇게 멋지고 활발한 공동체가 있다니! "온 마을이 아이들을 키운다."는 말은 이제 "작은도서관이 남녀노소를 살린다."는 말로 바뀌어야 한다. 건강한 아이들처럼 어른들도 안심하고 잘 늙어야 한다. 어느새 책을 읽고 노는 도서관

이 아니라 글을 쓰는 창작실, 10여 권의 책을 펴낸 출판국이
다. 이미 국제적인 초록길 작은도서관에서는 누구나 대통
령이자 시민이다. 마침내 작은도서관이 지구를 살린다.

이원규 시인

여름이면 서늘하게 그늘을 드리우는 느티나무가 서 있는 골
목에 주인이 자주 바뀌는 가게가 있었어요. 한동안 비어 있
던 가게에 새로운 입주자가 들어올 기미가 보이기 시작했을
때 이번엔 또 어떤 가게가 들어오려나, 뭐가 들어오든 잘돼
야 할 텐데 걱정 반 기대 반이었죠.

그런데 어라? 그곳에 도서관이 생겼네. 골목과 찰떡같이 어
울리는 이름을 가진 도서관이! 놀랍고 기뻤어요. 이렇게 작
은 도서관이라니. 내 집 앞에 도서관이라니. 그때의 기억
이 아직도 생생한데 벌써 12년이 지났다네요. 세월 참 빠릅
니다.

여름이면 골목을 초록으로 물들이던 느티나무는 이제 베어
지고 없는데 초록길도서관은 그곳에 뿌리를 내리고 가지를
뻗어 지역주민들의 사랑방이 되었어요. 12년이 열두 번 지

난 후에도 아니 그 이후에도 어른, 아이 할 것 없이 지역주민들이 즐겨 찾는 소중한 공간이 되길 희망합니다.

이지현 동화작가 .

초록길도서관 친구들, 그동안 잘 지내고 있었나요? 여러분과 희곡을 알아보고 써 보며 즐거운 시간을 보냈던 게 생생하네요. 열정적으로 수업에 임해 준 여러분 덕분에 저도 정말 행복한 시간이었답니다. 앞으로도 책과 함께 건강하고 즐거운 나날 보내길 바라요. 더불어 초록길도서관 12주년을 진심으로 축하합니다!

지슬영 동화작가

아이들을 웃게 하고 어른은 다시 어른으로 만들어 주던 초록길도서관이 열두 돌을 맞이했네요. 이런저런 공동체가 가뭇없이 사라져 가는 세상이라 더욱 박수칠 일입니다. 이 매력뿜뿜 도서관은 내일도 모레도 계속 역할을 해낼 터이지요. 박지현 관장님이 계시니 튼튼하고 명랑하게.

한창훈 소설가

초록길에서 내 삶도
풍요로웠습니다

며칠 전 도서관에 앉아 있는데, 앞머리를 길러 얼굴을 반쯤 가린 소년이 들어오더니 탁자 위에 뭘 잔뜩 내려놓는다. 초등학교 3학년인 시우다. 시우가 탁자 위에 내려놓은 것은 양말목을 엮어서 만든 물병가방과 열쇠고리 같은 장식품이었다. 자기가 혼자서 만들었다며 "나눠 가지세요." 하고 휙 나가 버린다. 제일 색깔 고운 걸 얼른 집어 가방에 달았다.

기저귀를 차고 와서 엄마와 그림책을 보던 아기가 자라서 이웃과 정을 나눈다. 어릴 때는 도서관에 올 때마다 배꼽인사를 해서 사랑을 받던 아이가 요즘은 컸다고 눈인사도 제대로 안 해서 서운하기도 했는데 이렇게 사람을 감동하게 한다.

우리 동네 골목길에 작은도서관 만들기를 참 잘했다.

12년 전 은평구 역촌동 골목길에 작은도서관을 만들면서 '마을 오지라퍼'의 삶이 시작되었다. 도서관을 만드는 과정에서 지역사회와 주민들에게 많은 도움을 받았다. 자연스럽게 나도 도움을 줄 수 있는 역할을 찾다 보니, 어느덧 수많은 직함을 가지고 동네일을 하고 있다. 고향도 아닌 이곳에서 25년간 살며 아이들을 낳아 키우고 한 번도 떠날 생각을 안 하고 살고 있는 이유를 곰곰 생각해 보니 결국 '사람'이었다.

나는 많은 이들의 삶에 간섭했고 또 많은 이들이 내 삶에 개입하여 나의 삶은 풍요로웠다. 그리고 그 중심에 작은도서관이 있었다.

초록길도서관을 만들고 운영하면서 감사했던 분들을 호명하려고 하니, 이름만 적어도 여러 페이지가 될 것 같다. 그렇게 많은 분들의 사랑과 정성으로 골목길에 있는 작은도서관이 동네 사람들에게 사랑받는 공간으로 지속할 수 있었다.

초록길을 함께 만든 1기 운영위원들에게 특별한 감사를 보낸다. 강화연, 권성화, 김승권, 박지순, 백미숙, 변은경, 선영숙, 이주원, 이신애. 역촌동 맥줏집에 모여 작은도서관을 결의한 사람들이다.

누구보다 아이들을 사랑하던 박지순 선생님은 몇 년 전 하늘의 별이 되었다. 초등학교 교사로 일하며 토요일에는 초록길에서 아이들과 글쓰기 수업을 진행했다. 아이들과 수업하는 것은 하나도 힘들지 않고 행복하다고 하시던 그 모습이 눈에 선하다. 지순 샘의 아들이 이 책을 읽고 엄마가 얼마나 아름다운 사람이고, 얼마나 멋진 일을 했는지 알았으면 좋겠다.

김승권 님은 별명이 '이장'이다. 시골 마을 이장처럼 동네 일을 발 벗고 나서서 하기 때문에 붙은 별명이다. 초록길도 서관의 시설 관리를 12년째 도맡아 하고 있다. 깜박이는 전 등을 교체하고, 더러워진 탁자를 사포질해서 다시 칠하고, 문고리가 고장 나면 갈아 끼워 주셨다. 나와 여러 단체에서 같이 활동하다 보니 부부라고 종종 오해를 받는다. 이 지면 을 빌려 확실히 밝힌다. "이장님은 권성화 운영위원의 남편 입니다!"

　나의 진짜 남편 문종우 씨에게도 감사의 인사를 전한다. 도서관 만들 때 보증금을 빌려주었고 많은 후원인을 모아서 도서관 재정에 가장 큰 도움을 주었다.

　초록길이 채 자리 잡지 못하던 시절, 도서관 지킴이를 하 며 도서관을 가꾸고 홍보하고 도서관에 오는 사람들을 돌본

정재오, 김은하 님에게도 감사의 마음을 전한다.

작은도서관 관장이라고 해서 책을 많이 읽는 것도 아니고, 글을 잘 쓰는 것도 아니다. 마을 오지라퍼로 살다 보니 바쁘지 않은 날이 없고, 책상에 앉아 생각을 정리하고 글을 다듬을 시간도 여의찮았다. 그렇지만 우리동네 작은도서관 '초록길' 이야기는 반드시 기록할 가치가 있다. 부족한 필력에서 오는 부끄러움, 초록길도서관이 지나온 시간에 대한 자부심 사이에서 몇 달간 헤매는 시간을 보냈다.

혼자서는 엄두를 내지 못했을 것이다. 초록길 이야기를 꼭 책으로 내야 한다고 설득한 구산동도서관마을 김영미 사서가 없었다면 이 책은 세상에 나올 수 없었다. 또한 백미숙 작가님이 공동저자로 함께했기 때문에 시작할 수 있었다.

생각비행 출판사는 지금까지 책을 낼 때마다 초록길도서

관에 신간을 기증해 주었고, 손성실 대표는 오랜 후원인이
다. 선뜻 출판에 응해 주시고, 촉박한 일정 속에서 약속 시
간을 어긴 원고를 인내하며 기다려 주서서 감사드린다. 생
각비행은 좋은 책만 내는 곳인데 부디 이 책이 도서목록에
부끄럽지 않은 모습으로 들어가면 좋겠다.

2023년 12월
초록길도서관 관장
박지현

차례

우리동네 작은도서관 초록길 이야기 ————— 박지현

우리동네 작은도서관 초록길 사람들 ——— 백미숙

나가는 글

우리동네 작은도서관
초록길 이야기

박지현

도서관에
온
코끼리

초록길도서관이 문을 연 지 얼마 되지 않은 때였다. 어깨까지 머리를 늘어뜨린 청년이 날마다 목발을 짚고 찾아와 도서관 한쪽에서 조용히 책을 읽었다. 불광천에서 자전거를 타다 다리를 다쳐 일을 못 하고 쉬고 있다고 했다. 커피 한 잔을 대접하며 친분을 쌓았다. 이 청년은 머지않아 어린이들을 사로잡아 초록길도서관의 실세가 된다.

이 청년의 직업은 설명하기가 쉽지 않다. 놀이설계자라고도 했다가 골목놀이연구소 소장이라고도 했다. 쌤쌤이라 불리기도 하는 그의 이름은 '고길희', 아이들은 줄여서 '고기'라고 불렀다. 1년쯤 지나서야 고길희는 코끼리를 따서 만든 가명이고 박종원이라는 실제 이름이 따로 있다는 사실을 알

고길희가 오면 함께 놀고픈 아이들이 모여든다.

게 되었다.

얼마 전 TV 인기 드라마에 고길희와 딱 들어맞는 캐릭터가 나온 적이 있다. 〈이상한 변호사 우영우〉 9회 방영분에서 학원 차를 빼돌려 아이들을 데리고 산으로 가서 노는 바람에 재판에 넘겨진 자칭 어린이해방군사령관 '방구뽕'이라는 등장인물이다. 나는 이 캐릭터가 고길희를 보고 쓴 게 아닐까 하는 생각마저 들었다.

방구뽕이 초등학교 때부터 입시를 준비하는 강남학원의 아이들과 함께 놀았다면, 고길희는 아이들이 행복하길 바라며 만든 동네 작은도서관을 찾아왔다는 정도의 차이가 있을 뿐이었다. 방구뽕은 아이들과 즐겁게 논 죄로 재판에 넘겨졌지만 고길희는 초록길도서관의 엄청난 스타가 되었다. 솔직히 지금도 고길희의 사고방식을 오롯이 이해하진 못한다. 그래서일까? 프로그램을 기획하거나 진행할 때 나와 몇 번 부딪친 적도 있다. 나는 도서관 프로그램이 좀 더 계획적이길 바랐고, 무엇보다 안전과 질서를 우선시했다. 반면 고길희는 무계획과 자유로움을 중요하게 생각했다. 번번이 내가 졌다. 고길희의 뒷배가 초록길도서관의 어린이들이었으니까.

고길희는 아이들과 반말로 대화하고 또래처럼 싸우기도 했다. 주말이나 방학이면 아이들을 모아서 산으로 들로 놀러 다녔다. 특별한 놀잇감 없이 흙을 파고 놀거나, 나무에 밧줄을 걸어 그네를 타기고 하고, 다 함께 물총놀이도 했다. 여름이면 바닥분수가 있는 상암동 월드컵공원까지 가서 한바탕 놀거나 북한산 계곡으로 물놀이를 나섰다. 아이들과 무엇을 하며 놀았는지 세세하게 알지는 못한다. 나를 끼워 주지 않았으니까. 내가 고길희에 대해 확실히 아는 건, 아이들과 함께 약속을 정하고 약속을 어기는 아이가 있으면 싸운다는 것이다. 고길희는 아이를 혼내는 게 아니라 싸웠다. 다 큰 어른이 아이들과 종종 싸우는 모습을 어떻게 이해해야 할지 난감했다.

나와 도서관 운영위원들과 부모들은 간식이나 보탤 뿐 개입할 수 없었다. 끼어드는 순간 우리가 이해하지 못하는 고길희와 아이들의 세계를 침범하는 상황이 돼 버릴 수 있기 때문이었다.

초록길도서관은 원래 시끄러운 도서관이었는데 고길희

가 오면 한층 더 시끄러워졌다. 이 때문에 동네 주민의 민원도 여러 차례 받았다. '골목길에서 아이들이 뛰어다녀야 정상이죠. 아이들 소리 듣기 싫으면 시골로 이사 가시든가요!' 이건 속엣말일 뿐, 항의하러 오시는 분들껜 주의를 주겠다는 말로 무마하곤 했다.

그러던 어느 날 고길희가 해도 해도 너무한 사고를 치고 말았다. 도서관 앞 길바닥에 분필로 선을 그어 사방치기를 하거나 낙서하는 정도는 괜찮은데, 한겨울 서울 한복판 주택가에서 불을 피운 것이다. 고길희는 어디서 깡통을 주워 와 나무를 넣고 불을 피웠다. 그 불에 양미리라는 꽁치같이 생긴 생선을 굽고 귤도 구워 아이들과 나눠 먹으며 논 것이다. 노는 데 진심인 건 알겠는데, 도서관 앞에서 불까지 피우다니, 관장인 나는 그 광경을 보고 아연실색할 수밖에 없었다.

"여러분, 여기서 자꾸 이러시면 도서관 문 닫아야 합니다!"

다행히 불을 피우는 사고가 다시 벌어지진 않았다. 고길희가 친 대박 사건은 아이들에겐 엄청난 즐거움을 선사하며 질은 추억을 남긴 반면 관장인 나와 운영위원들에겐 아찔한 기억으로 남아 있다. 이후로도 초록길도서관에서 고길희와 아이들이 벌인 신나는 모험과 놀이는 한가득이다.

도서관의 주인은 누구일까? 제안하고 만든 사람일까? 자기 시간을 내어 도서관을 운영하는 사람일까? 즐겁게 이용하며 추억을 쌓는 사람일까? 어느 날 도서관을 찾아온 코끼리는 나에게 숱한 질문을 남겼다.

아이들은
놀기 위해
도서관에 온다

해마다 방학이면 겨울방학교실, 여름방학캠프 등의 어린이 프로그램이 열린다. 초등학생만 참가할 수 있기에 유치원 다니는 6~7세 어린이들이 언니, 오빠, 형, 누나를 부러워하며 속히 초등학생이 되길 바랄 정도로 인기가 높다.

2018년 여름은 특히 잊을 수 없는 시간이었다. 114년 만의 무더위라며 기후위기로 뜨거워진 지구를 체감하던 그해 여름, 폭염경보가 발효되고 야외활동을 자제하라는 재난문자가 쉴 새 없이 휴대전화를 울려 대던 그날도 초록길 아이들의 놀이 의지를 꺾을 순 없었다.

'스스로 놀며 배우는 진짜여름방학교실', 여름방학캠프 제목이다. 시원한 도서관에서 1교시를 시작했다. 주제는 떠들기다. 같이 잘 놀기 위해 꼭 필요한 시간이다. 아는 얼굴도 있고 처음 만나는 얼굴도 있으니까 인사를 나누고 웃고 장난치면서 서로 마음속 온도를 맞춘다. 무엇을 하고 놀 건지, 놀면서 지킬 규칙도 함께 정한다. 프로그램을 짜 놓고 아이들에게 따라 주기를 바라지 않는다. 아이들이 정한 대로 따로 또 같이 노는 것이다. 여름방학교실 앞에 붙은 '진짜'는 그 의미였다. 어른들이 정한 프로그램대로 움직이는 여름방학교실은 '가짜'인 것이다. 2교시에는 각자 놀고 싶은 대로 논다. 딱지를 접어 딱지치기를 하는 아이도 있고, 그림을 그리면서 노는 아이도 있다. 무언가 열심히 만들거나 로봇을 갖고 놀기도 한다. 책상 사이에서 줄넘기를 하는 아이도 있다. 고길희가 설계한 여름방학교실의 모습은 무계획적인 것처럼 보였지만 사실은 치밀하고 계획적이었다. 아이들의 자발성을 끌어내 스스로 정한 규칙을 지키게 하는 고도의 전략이 전제된 것이다. 이미 어른이 돼 버린 나 같은 사람은 도저히 이해하지 못하는 세계였다.

내가 맡은 역할은 노느라 배고파진 아이들을 먹이는 일이었다. 양푼비빔밥이 점심 메뉴였다. 큰 양푼에 각종 채소와

아이들은 뛰어놀며 마음속 온도를 맞춘다.

달�걀프라이를 넣어 슥슥 비빈 다음 나눠 먹는다. 싫어하는 채소가 있다거나 매운 음식을 못 먹으면 따로 덜어 먹으라고 했는데, 아이들은 같이 비빈 양푼 속 밥이 더 맛있어 보였나 보다. 평소에 잘 먹지 않는 호박나물이랑 열무김치도 다들 맛있게 먹었다.

점심을 배불리 먹었으니 이제 나가 놀 시간이다. 어른들 같으면 불볕더위에 엄두가 나지 않겠지만 아이들은 바닥분수에서 물놀이를 할 마음에 한껏 들떠 있었다. 각자 교통카드를 챙겨 버스를 타고 상암동 평화의공원까지 이동했다. 버스에서 내릴 때까지는 괜찮았는데 분수대까지 가는 길이 고난의 행군이었다. 하지만 아이들은 "아 뜨거워!" 하고 비명을 지르면서도 누구 하나 포기하지 않고 분수대까지 무사히 도착했다.

오후 2시가 되니 바닥분수에서 세차게 물줄기가 솟아오른다. 아이들은 물줄기를 쫓아다니며 맨몸으로 물을 맞기도 하고 물줄기 사이를 헤집고 다니며 놀기도 한다. 옷이 젖는 것 따위는 아랑곳하지 않는다. 분수대가 쉬는 시간에는 그늘에 둘러앉아 시원한 수박을 잘라 먹었다. 먹을 때 규칙은 빨간 부분을 남기지 않는 것이다. 아이들은 빨간 과육 부분만이 아니라 껍질까지 먹어치울 기세였다. 남은 수박 껍데기를 모으니 감동의 물결이 밀려왔다. 붉은색 부분은 전혀 찾아볼 수 없고 얇디 얇은 초록색 껍데기만 소복이 쌓인 것이다. 아이들은 스스로 정한 규칙을 이렇게 잘 지킨다.

여름방학캠프 마지막 날은 '도서관에서 1박2일', 말 그대로 밤에 모여서 놀다가 하룻밤 자는 프로그램이다. 영화 보고 라면 끓여 먹고 춤추고 노래하고 신나게 놀다가 텐트에서 자거나 그림책 방에 들어가 잠을 청한다. 뜨거운 여름밤이 깊도록 도란도란 이야기가 이어진다. 무서운 귀신 이야기에 놀라 비명을 지르다 지쳐 까무룩 잠이 든다.

다음 날 아침 눈을 떠 친구들 얼굴에 낙서가 되어 있는 모습을 보고 키득키득 웃다가 막상 자기 얼굴에 그려진 낙서를 확인한 후 여기저기서 비명과 폭소가 터져 나온다. 아침 댓바람부터 범인 색출 작업이 시작된다. 아이들은 명탐정 코난이 되어 저마다 수사를 펼치고 추리를 하며 난리가 났다.

유력한 용의자로 지목된 고길희는 "내 얼굴에도 이렇게

같이 누우니 너무 즐거워 잠들기 아깝다.

큰 낙서가 되어 있는데 내가 무슨 범인이냐!" 하며 길길이 뛰었다. 나는 아이들이 잠들기 전 집에 가서 자고 왔기 때문에 알리바이가 확실하다는 이유로 용의선상에서 빠졌다. 얼굴 낙서 사건은 5년이 지난 지금까지 미제로 남아 있다. 심증은 있으나 물증이 없기 때문에.

기적의 놀이터 설계자인 편해문 선생님은 '아이들은 놀기 위해 세상에 온다'고 했다. 그분의 말씀처럼 우리 동네 아이들은 놀기 위해 '도서관'에 온다. 초록길의 놀이 안내자 고길희는 이렇게 말한다. "아이들은 흙(자연) 위에서 알아서 잘 놀아요. 놀다 보면 자기들끼리 돕고 놀지요. 누가 뭐라고 하지 않아도 말이에요."

아이들의 놀이와 학습을 군이 나눌 필요가 있을까? 놀면서 배우고 책을 읽으면서 노는 아이들…. 우리가 어렸을 적엔 골목길이 놀이터였다. 비석치기, 고무줄놀이, 구슬치기를 하며 해가 질 때까지 시간 가는 줄 모르고 놀았다. 그렇게 놀면서 친구와 다투기도 하고 돕기도 하며 세상을 조금씩 배웠다. 지금은 놀이조차 하나의 프로그램이 되어 버린 것 같아 씁쓸하다.

어른의 개입을 최소화한 것, 아이들의 마음을 읽고 온몸으로 같이 놀아 주는 고길회라는 어른친구가 있었던 것, 그래서 초록길도서관에선 아이들의 진짜 웃음소리를 들을 수 있지 않았을까? 부모만이 아니라 이웃어른의 사랑과 지지를 받은 초록길 아이들은 더 높은 자존감을 거름 삼아 좋은 어른으로 성장할 것이라고 믿어 의심치 않는다.

경쟁사회에서 나만 살아남는 법을 배우는 것이 아니라 공동체 속에서 협동하며 함께 사는 법을 배우는 것, 10년 전이나 지금이나 우리 아이들에게 절실히 요구되는 교육의 모습이 아닐까 싶다. 아이들이 달라지기 위해선 어른들, 특히 부모들이 달라져야 한다. 부모와 어른이 사는 모습 자체가 교육이기 때문이다.

아이들이 학원 말고 갈 곳이 있었으면 좋겠다. 책을 읽는 행위가 숙제를 위한 것이 아니라 독서가 즐겁기 때문이었으면 좋겠다. 책을 읽다가 친구들과 놀기도 하고 졸리면 잘 수도 있는 곳이 있었으면 좋겠다. 아울러 아이를 돌보는 어른들의 내적 성장을 돕는 공간이자 생활 나눔 공간이 있었으면 좋겠다…. 이런 바람이 차곡차곡 쌓였다.

10여 년 전 은평구는 자발적 시민운동이 활발해지며 새로운 모색을 하는 시기를 거쳤다. 여러 분야에서 협동조합을 비롯한 사회적경제 조직이 만들어지고 있었고, 주민이 주도하는 다양한 거점 공간이 필요했다. 풀뿌리 민주주의를 실천하고 마을공동체를 지향하는 시민사회는 주민들과 소소한 일상 속에서 만날 공간이 필요했다. 그 공간이 도서관이면 어떨까? 작은도서관이 마을을 변화시키는 가장 아름답고 효과적인 방법일지도 모른다고 생각했다.

2011년 10월 2일, 동네에서 친하게 지내는 이웃들이 역촌동 맥줏집에 모였다. '우리동네 마을도서관 만들기'에 동의하고 힘을 보태기로 한 사람들이었다. 학부모, 교사, 동화작가, 사회복지사, 생협 임원, 사회적기업 종사자, 진보정당 당원 등 실로 다양한 정체성을 가진 분들이었다. 공통점이 있다면 작은도서관 설립을 제안한 나와 친하다는 것, 그리고 사회를 변화시키고자 하는 진보적 성향의 소유자라는 사실 정도랄까? 그동안 내가 개별적으로 만나서 동네에 작은도서관을 같이 만들어 보자고 제안한 분들이었다.

"작은도서관 하나 세운다고 갑자기 뭔가 크게 달라지지 않을 수도 있어요. 하지만 '책'을 매개로 이웃과 새로운 관계 맺기가 시작된다면 그곳이 작은도서관이 될 수 있지 않을까요?" 이런 나의 제안에 맥줏집에 모인 동네 이웃들이 흔쾌히 동의해 주었다. 일단 역촌동에 작은도서관을 만드는 것까지는 합의했다. 모인 이들이 대부분 역촌동 인근에 살고 있었고, 역촌초등학교는 예전처럼 과밀학급은 아니지만 은평구에서 아이들이 가장 많은 학교였다.

뜻은 모았지만 준비된 건 아무것도 없었다. "은평구부터 시작해서 전국적으로 여러 작은도서관 사례를 찾아 살펴보고 자문하자", "준비팀을 구성해서 공간을 찾아보고 재정 방안도 만들자", 이런 이야기가 오갔다. 여유 있고 유쾌한 술자리를 끝내고 집으로 돌아갔다. 바로 다음 날부터 어떤 파도가 밀려올지 아무도 상상하지 못했다.

나는 성질이 급하기로 유명한데 나보다 더한 분이 계셨다. 우리 아이 또래의 자녀를 키우며 언니, 동생처럼 친하게 지내는 분이다. 10년이 지난 지금까지 초록길도서관 운영위원직을 유지하고 있는 권성화 님이 바로 성질 급한 여자

1이다.

역촌동 맥줏집에서 작은도서관 만들기 초동 모임을 한 그 다음 날, 성화 언니가 전화를 했다. 잘 아는 동네 부동산에 들렀는데 도서관 하기 딱 좋은 공간이 나왔다며 지금 바로 보러 가 보자는 거다.

역촌동 주민센터 옆 골목으로 쭉 들어가면 나오는 작은 아파트의 1층 상가, 물류창고 겸 사무실 용도로 사용하던 곳이었다. 아파트 아래 상가이긴 하지만 독립적으로 구분된 곳이고 골목길로 활짝 열려 있는 곳이었다. 이동약자 접근성은 우선적인 입지조건인데 1층이어서 유아차와 휠체어 출입이 가능하고 화장실이 실내에 있는 등 여러모로 적합했다. 실평수가 33평이어서 작은도서관으로는 꽤 넓은 편이었다. 월세 100만 원이 부담스럽긴 했지만 1층 상가나 점포로는 그보다 나은 곳을 구하기가 어려웠다. 2층 이상 공간을 찾더라도 엘리베이터가 있는 새 건물이라면 임대료 부담이 클 수밖에 없다.

아직 준비위원회 구성도 안 됐는데 대체 누구와 상의하지? 어젯밤 같이 술 마신 몇 분께 상의했더니 좀 더 준비한

다음 공간을 찾아보자는 의견이 많았다. 그날 밤 잠이 오지 않았다. 동네 골목골목을 걸어 다녀도 1층 빈 곳이 잘 안 보이던 터라 여기를 놓치면 안 될 것만 같았다. 아무리 잘 준비한들 그때 가서 적합한 공간이 나오지 않으면 무슨 소용이란 말인가? 하룻밤 심사숙고 끝에 보증금을 빌려 덜컥 계약하고 말았다.

이렇게 일을 저지르고 말았다. 성질 급한 여자 2가 나서서 계약을 밀어붙이니 성질 급한 여자 3이 동의해 주었고 성질 느긋한 여자 1, 2와 성질 파악 힘든 남자 1, 2가 돕기로 했다. 남은 일은 돈을 모으고 책을 모으는 일이었다.

아는 목수님께 인테리어 공사를 의뢰했다. 그러고 나서 초동 모임을 함께한 분들 중심으로 재정계획을 세웠다. 가장 빠르고 확실한 방법은 후원주점을 여는 것, 즉 술을 팔아서 책을 사는 것이었다. 우리동네 작은도서관 만들기 프로젝트는 그렇게 착착 진행되었다.

도서관이 아닌 술집에 자주 출몰하는 내가 작은도서관을 만든다며 동네를 들쑤시고 다니니 사람들은 얼마나 어처구니없었을까? 근거 없는 낙관과 의지에 불타는 내게 다들 우려스럽다는 듯 한마디씩 보탰다. "임대료와 운영비를 지속적으로 낼 수 있을까?", "전문 사서도 없고 도서관을 운영해 본 경험자가 없는 도서관이 주민들의 문화적 욕구를 받아안을 수 있을까?"

그때 내가 할 수 있는 말은 이것이었다. "하는 데까지 해 보고 안 되면 어쩔 수 없죠. 이 공간이 주민들과 아이들에게 꼭 필요한 공간이면 지속할 수 있을 것이고, 있어도 되고 없어도 되는 곳이라면 자연스럽게 사라지겠죠." 실제로 나는 그렇게 믿었다.

고마운 일은 걱정과 우려를 하던 분들이 후원 티켓을 사고 후원금을 내고 책을 모아 주셨다는 사실이다. 일일호프는 만석이었고 더 들어설 틈이 없었다. 그렇게 우리는 공사비를 마련했다. 그리고 임대료와 운영비를 감당할 정기후원인도 부족하지 않을 정도로 모여서 크게 빚지지 않고 도서관을 세울 수 있었다. 도서관을 개관할 때 벽돌기금(설립후원금)을 보내 주신 분의 이름을 적어서 한쪽 벽면에 크게 붙여 놓았다. 지금은 책이 늘어나 서가로 바뀌었지만, 후원해 주신 분들의 마음과 정성은 도서관 곳곳에 새겨져 있다.

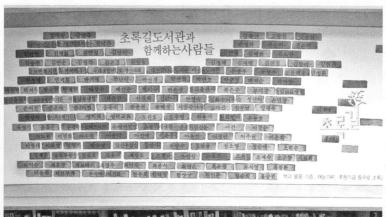

벽돌기금을 보탠 고마운 이름들을 벽에 새겼다.

작은도서관을 만든다고 써 붙이고 공사를 하고 있는데, 아침에 현장에 가면 누군지 모를 이웃이 책을 한가득 놓고 가기도 했다. 전국 각지에서 책이 담긴 택배 상자가 날마다 도착했다. 그렇게 5천 권 가까운 책이 순식간에 모였다.

삼인출판사, 호미출판사는 그동안 출판한 모든 도서를 보내 주었고 생각비행 출판사는 10년간 신간 도서를 기증해 주었다. 보리출판사는 어린이 잡지와 국어사전, 도감류 등 좋은 책을 몇 박스나 보내왔다. 백미숙 작가님은 동료 동화 작가님들과 어린이신문 편집부장님 등을 통해 수백 권의 좋은 어린이책을 기증받아 오셨다. 준비위원들은 가족, 친인척, 친구 등 인맥을 총동원하여 책을 모으고 후원금을 모았다.

2011년 겨울방학이 시작되던 12월 22일, '우리동네 작은도서관 초록길'이란 간판을 내건 아름답고 소중한 공간이 문을 활짝 열 수 있었다. 은평구 최초로 어떠한 행정 지원도 없이 주민들이 스스로 만들고 운영하는 작은도서관이 생긴 것이다.

도서관을 만들자는 초동 모임을 한 지 3개월이 채 되지 않은 시간이었다. 성질 급한 여자들의 무모함에서 이 공간이 탄생했지만, 우리 동네 골목길에 작은도서관을 만든 건 마을 사람들의 힘이었다. 일 벌이기 좋아하는 사람이 무책임하다는 편견이 있는데 권성화 님과 나는 추진력도 있지만 책임감도 높다. 그래서 10년 넘게 운영위원 자리를 내려놓지 못한다. 우리의 성급함이 조금은 더 살 만한 동네를 만드는 데 필요한 마중물이 됐다고 생각한다.

우리동네
작은도서관
이름 찾기

세상에서 가장 어려운 일 중 하나가 이름 짓기 아닐까? 소중한 대상일수록 더욱 그렇다. 짧은 단어에 숱한 염원과 사랑을 담아내려 하니 그럴 수밖에 없을 것이다. 너무 별나서 부담스럽지 않고 익숙하면서도 흔치 않은 그런 이름을 찾는 일이 얼마나 고된 작업인지, 아이들 이름 짓거나 상호를 만들기 위해 고민해 본 경험이 있는 분들은 이해할 것이다. 작은도서관 이름을 지어 달라고 여러 사람에게 아이디어를 구했다. 작은도서관 이름에는 '꿈'이나 '나무'가 많이 쓰인다. 은평구의 대표적인 작은도서관 이름도 '꿈나무'이고, 은평구 70여 곳의 작은도서관 중 '꿈'이란 단어가 들어간 이름의 도서관이 10여 군데나 된다. 많은 분들이 추천해 주신 이름도 거기서 크게 벗어나지 않았다. '책놀이터' 같은 이름도 추천되었지만 어린이만을 위한 공간으로 만드는 도서관이 아니기 때문에 정체성과 지향을 오롯이 담아내기 어려웠다.

당시에는 도서관 바로 앞 빌라에 큰 느티나무가 있었다. 얼마나 크고 무성한지 도서관까지 가지를 뻗으며 골목길을 덮어버릴 정도였다. 서울에서 보기 드문 광경이었다. 느티나무 앞에 자리를 잡다니, 이것도 운명인가 싶어 '느티나무 도서관'으로 이름을 지을까 생각해 보기도 했다. 그런데 인터넷으로 검색해 보니 같은 이름이 전국에 열 개쯤 되는 것 같다. 프랜차이즈 체인도 아니고 안 되겠다 싶어 포기하니 시름이 더 깊어졌다.

이 골목길에 처음 발길을 옮기던 순간을 떠올렸다. 골목길이 온통 초록이었다. 지금은 빌라가 제법 들어섰지만 당시에는 마당 있는 오랜 단독주택이 꽤 있었다. 어린이집 앞에는 여러 개의 큰 고무통이 놓여 있었는데, 거기 갖가지 꽃나무가 심겨 있었다. 조금 내려오면 종교시설로 보이는 수려한 건물이 있는데 능소화가 담을 타고 멋지게 늘어져 해

느티나무가 만드는 초록길 풍경

마다 꽃을 피운다. 느티나무가 있는 빌라는 입구에 장미 넝쿨이 아치를 만들며 뻗어 골목길을 장식했고, 몇 걸음 더 가면 큰 단독주택의 단풍나무가 가지를 뻗어 담장 밖까지 시원한 그늘을 만들었다. 동네 할머니들이 나무 그늘에 의자를 놓고 날마다 거기 모여 이야기를 나누는 장면은 이미 오래된 풍경이 됐다.

초록이 무성한 골목길, 초록길이 입에 맴돌아 준비위원들에게 제안했더니 흔쾌히 동의해 주었다. 그렇게 해서 '초록길도서관'이 탄생했다. 골목길의 풍경을 담았다는 의미도 있지만 푸른 세상을 향해 우리가 나아갈 길을 담은 이름이었다.

이름 그 자체에 어떤 큰 의미가 있겠는가? 누군가 이름을 불러 줄 때 비로소 꽃이 될 수 있는 것처럼, 많은 사람들이 불러 주고 그 공간을 의미 있게 느낄 때라야 비로소 존재의 가치가 있는 것이다. 이름에 걸맞은 프로그램으로 사람들을 초대하는 일이 중요한 과제로 남았다.

시끄러워도
이곳은
도서관입니다

도서관은 기본적으로 책을 읽는 공간이다. 그래서 도서관하면 떠오르는 일반적인 이미지는 '정숙'이다. 하지만 도서관도 시대의 흐름에 따라 변모하고 있고 세계적인 추세를 봐도 정숙하라는 표지문을 떼는 분위기다. 도서관은 독서실이 아니다. 책을 읽고 공부하는 것이 전부가 아니라는 의미다. 조용해야 공부가 잘된다는 것도 옛날이야기다. 요즘 학생들은 시험 기간이 되면 독서실이 아니라 커피숍으로 더 많이 간다고들 하지 않는가?

가난한 사람이든 부자든 차별받지 않고 정보를 제공받을 수 있는 곳, 필요한 책을 빌리고 읽을 수 있는 곳이 도서관의 기본적인 존재 이유일 것이다. 하지만 여기에 더해 오늘

날 도서관은 복합문화공간으로서의 기능을 더 요구받고 있다. 많은 공공도서관이 시대적 요구에 부응하기 위해 다양한 프로그램을 기획하여 지역주민을 만나고 있다.

하물며 작은도서관은 어떠하겠는가? 작은도서관은 책이 있는 마을사랑방이고, 책을 읽으면서 노는 아이들의 놀이터이고, 서로 배우고 가르치는 평생학습관이고, 민주적 시민을 길러내는 학교가 아니겠는가?

공공도서관이 '정책'이라면 작은도서관은 세상을 바꾸는 '운동'이다. 공공도서관이 '시설'이라면 작은도서관은 '사람들의 관계'다. 작은도서관은 이웃과 관계를 만들고 소통하여 삶의 변화를 만들어 내는 기능을 한다. 시끄럽지 않고 어떻게 소통할 수 있을까? 시끄럽지 않고 어떻게 삶을 흔들고 세상을 흔들 수 있을까?

작은도서관은 행정에서 설립하여 운영하는 구립·시립 등 공공작은도서관, 종교기관이나 단체·개인이 운영하는 민간작은도서관으로 나뉜다. 민간도서관이 정부나 지자체의 보조금을 받기도 하지만, 도서구입비와 프로그램비 일부일 뿐 임대료, 운영비, 인건비 등 기본 경비를 스스로 해결해야 한다. 주민들에게 개방되고 공공의 역할을 한다는 점에서 운영을 위한 지원을 하도록 조례를 제정하고 많은 요구를 하고 있지만, 보조금으로 도서관을 활성화하기엔 턱도 없이 부족한 형편이다.

이 때문에 민간도서관의 경우 교회나 아파트에 소속되어 있는 경우가 많다. 우리처럼 주민들이 회비와 후원금을 모아 스스로 임대료를 내며 운영하는 도서관은 아주 드물다. 특히나 임대료가 비싼 서울에서는 더더욱 찾아보기 어렵다. 그런데도 스스로 운영비를 충당하면서까지 작은도서관을 유지하려 하는 데는 큰 효용성이 있기 때문이다. 그것은 바로 자유, 특히 시끄러워도 되는 자유다. 은평구에는 주민들의 제안으로 설립된 구립도서관이 있다. 이 도서관은 작은도서관의 가치를 살리고자 많은 주민의 의견을 듣고 설립된 공공도서관이다. 골목길에 있던 여러 채의 오래된 빌라와 주택을 매입한 후 완전히 철거하지 않고 골목길과 주택의 구조를 살리고 일부는 새로 지어 연결하는 독특한 설계로 건축 부문 대통령상까지 받았다.

공사가 까다롭고 어려운데도 그렇게 지은 이유가 있다.

사람과 마을이 도서관의 주요한 설립 가치였기 때문이다. 나는 이 도서관이 좀 더 자유롭고 시끄러운 도서관이 될 것이라 예상했다. 하지만 '정숙'을 요구하는 이용자들로 인해 이 도서관 또한 다른 구립도서관처럼 조용한 도서관이 될 수밖에 없었다.

이에 비해 주민이 스스로 만들고 운영하는 초록길도서관은 그야말로 '시끄러운' 도서관이다. 방과후 아이들이 몰려오면 소란스러워진다. 한쪽에선 도자기 만들기 프로그램에 참여하는 아이들이 있고, 배가 고파 간식을 먹는 아이, 소리를 지르며 노는 아이도 있다. 물론 이 와중에 조용히 책을 읽는 사람들도 있다.

초록길도서관은 시끄러워도 너무 시끄러웠다. 특단의 조치가 필요했다. 우리는 '정숙'을 요구하는 안내판 대신 '공사'를 선택했다. 아이들이 떠들고 놀 수 있는 방을 만들기로 한 것이다. 도서관 개관 때부터 신발 벗고 들어가서 뒹굴며 마음껏 책을 볼 수 있도록 한 그림책방을 쪼개어 놀이방을 만든 것이다. 놀이방이라고 해도 딱히 놀잇감은 없다. 아이들은 큰 보드에 낙서를 하거나 앉은뱅이책상을 이용해 미끄럼

틀을 만들고는 괴성을 지르며 논다. 소리를 완전히 차단할
수는 없었지만 그래도 한결 조용해졌다.

친구들과 노는 아이들의 에너지를 도서관이라는 33평의
좁은 공간에 가둘 수는 없다. 아이들은 도서관 앞 골목길,
도서관 뒷마당, 빌라 사이 공터를 뛰어다니며 놀다가 도서
관에 와서 물을 마시고 쉬기도 했다. 그러던 어느 날, 놀러
나간 아이들이 울상이 되어 들어온 일이 있었다. 어떤 아줌
마가 여기가 너희 놀이터냐, 시끄러우니 놀이터 가서 놀라
면서 혼을 냈다고 한다. 잔디와 나무가 있는 공터에서 노는
데 아이들 목소리를 못 견뎌 야단을 친 모양이었다.

아이들은 분을 삭이며 조용히 이에 항의하는 놀이를 준비
하고 있었다. 화분을 찾기에 꽃모종을 담았던 작은 화분들
과 모종삽을 주었더니 거기다 흙을 채우고 화단에 떨어진
꽃들을 꽂아 여러 개의 꽃 화분을 만들었다. 그리고는 다음
과 같이 글을 쓴 후 꽃 화분에 꽂아 도서관 뒤 화단에 놓았
다. "평화로운 마당을 만들자! 화내지 맙시다! 정말 그러시
면 섭섭해요." 아이들은 마음에 상처를 준 어른들에게 이렇
게 평화로운 방법으로 항의하고 있었다.

놀이방에서 마음껏
뛰노는 아이들

우리가 만든 도서관에는 '우리동네 작은도서관 초록길'이란 간판과 이용 안내문이 붙어 있었지만, 이곳이 어떤 공간인지 모르고 들어오시는 분들이 많았다. 처음 오시는 분은 데스크에 앉은 운영위원에게 이용 방법을 물어보시는데, 어느 날 오신 낯선 여성분은 조용히 자리를 잡고 앉아 책을 읽으셨다. 초록길은 전문 사서나 직원을 둘 형편이 안 돼 운영위원들이 자원봉사로 도서 등록과 대출 업무를 담당하고 있다. 교대할 인원이 없어서 밥 먹으러 나갈 상황도 안 되기 때문에 도시락을 싸 와서 먹기도 한다. 독서 모임 등 동아리 활동을 위해 다과를 먹거나 차나 커피를 준비할 수 있는 탕비 시설도 갖춰져 있다.

그날 운영위원 몇몇이 모여서 수다를 떨고 있었는데 책을 보던 여성분이 나가면서 화를 냈다. "아니, 뭐 이런 데가 다 있어? 아까는 전화 통화를 하더니 이제 밥까지 먹어요? 그리고 일요일에 문 닫으면서 무슨 도서관이래요?" 밖에 운영 시간을 적어 놓은 안내문은 보았나 보다. 그분은 해명할 틈도 주지 않고 버럭 하며 나가 버렸다. 순간 정적이 감돌았다. 도서관 관장으로서 큰 죄를 지은 듯한 심정이었다. 운영위원들과 회원들이 돌아가면서 한마디씩 하는 바람에 위로가 되었다.

"조용한 데서 책 읽을 거면 자기 집에서 읽든가!"

"도서관에서 밥 먹는 게 뭐 어때서?"

운영위원과 단골 회원들은 시끄러운 도서관을 지지했다. 그 여성분은 아마도 여기가 주민센터나 구청에서 운영하는 도서관인 줄 알았던 것 같다.

도서관에서 떠들고 먹기만 하는 것도 아니다. 아기가 배 속에 있을 때부터 도서관에 오던 엄마들이 어느새 유아차를 끌고 나타난다. 아기가 울면 돌아가면서 안아서 재운 적도 있다. 그림책방에서 기저귀를 갈고 분유도 먹인다. 기저귀 가는 것은 괜찮은데 한번은 똥기저귀를 버리고 간 엄마가 있어서 도서관이 뒤집어진 적이 있다. 때론 과자 부스러기나 봉지로 방이 어질러져 있기도 했다.

자유는 중요하지만 누구도 책임지지 않는 무한대의 자유를 보장하는 것은 아니다. 각자 자유롭고 편하게 이용하되 서로 존중하며 잘 이용할 수 있는 최소한의 약속이 필요했다. 그렇지 않으면 누구는 어지르고 누구는 치워야 하는 상황이 발생할 수도 있다. 그렇게 되면 도서관이 오래갈 수 없다. 우리는 운영위원회를 열어 이용규칙을 정하고 잘 보이게 벽에 붙여 놓았다. 누군가 정해서 강요하는 규칙이 아니라 서로 합의해서 만든 약속은 힘이 있다. 우리의 합의는 '적당하게 시끄러운 도서관'이었다.

봉산 넘어
화전놀이
간다네

2012년 한국 교육사에 큰 획을 긋는 변화가 있었다. 주5일
제 수업이 본격적으로 시행된 것이다. 수년간 격주로 학교
에 가지 않는 '놀토'가 있었는데 그해부터 주5일제 수업이
전면 시행된 것이다. 교사와 학생들에겐 반가운 소식이었
지만 학부모들은 걱정이 많았다. 토요일에도 아이 교육에
신경을 써야 한다는 부담이 생길 수밖에 없었다.

초록길도서관은 2011년 12월 겨울방학에 문을 열고
2012년 1월 개관식을 했다. 그런데 도서관을 만들자마자
토요일에 아이들이 학교를 안 가는 상황이 벌어진 것이다.
'이건 하늘이 주신 우리의 사명이야. 도서관으로 아이들이
몰려오겠구나!' 이 기회를 놓칠 수 없었던 운영위원들이 프

로그램을 기획했다.

'도란도란 토요일마다 이야기꽃을 피우는 신나는 놀이학교'인 초록길도토리학교가 3월부터 토요일마다 열렸다. 1기 도토리학교는 20여 명의 아이가 참여해서 6월까지 이어졌다. 7~8월은 여름방학 프로그램으로 쉬고 9월부터 11월까지 2기 도토리학교가 열렸다.

도토리학교 프로그램은 오전에 모여 글쓰기와 미술 활동, 같이 음식 만들기를 하고, 점심을 나눠 먹고, 주말농장에 가서 텃밭 활동을 하는 것이다. 지금 돌아보면 어떻게 1년의 시간을 토요일에 거의 쉬지 않고 프로그램을 진행했을까 싶다. 당시에는 나와 운영위원 모두 의욕이 하늘을 찔렀다. 주 5일제가 안착되기 전이어서 그런지 토요일을 그냥 쉬어도 된다는 생각을 하지 않은 것이다. 도토리학교는 힘들었지만 보람 있었고 도서관을 동네에 홍보하는 계기가 되었다.

초록길도서관 가까이에 '봉산'이라는 나지막한 산이 있다. 은평구 5개 동이 봉산자락에 자리를 잡고 있는데, 이 산을 경계로 경기도 고양시와 닿아 있다. 봉산 너머에 주말농장이 있는데, 여기 땅을 빌려 초록길 텃밭을 만들었다.

토요일을 맡겨 줘, 초록길도토리학교

봄이 되면 우리는 감자를 심고 상추 같은 푸성귀를 가꾸었다. 도시농부학교를 졸업한 운영위원이 농사를 제대로 가르쳐 보겠다고 애를 썼지만, 아이들은 크게 흥미를 보이지 않았다. 아이들은 텃밭 옆 공터와 산자락에서 뛰어놀기를 즐겼다. 텃밭에 물 주는 일은 안 하겠다면서도 물총놀이를 할 때는 신이 난다. 풀 뽑기가 힘들다던 녀석들이 땅 주인이 쌓아 놓은 흙무더기에 올라가서 놀기 시작하더니 흙무더기를 죄다 파헤쳐서 혼이 난 적도 있다.

씨 뿌리고 물 주며 가꾸는 데는 관심 없던 녀석들이 수확할 때는 얼마나 치열한지, 감자와 고구마를 캘 때는 흙 속에서 보물이라도 찾는 양 흥분의 도가니였다. 아이들은 농사 짓는 것보다 수확하기를 좋아하고, 수확하는 것보다 먹기를 좋아한다. 그건 아이만이 아니라 어른도 마찬가지다. 그렇더라도 우리가 먹는 것이 어디서 오는 것인지, 오늘 먹은 채소가 어떤 수고로움을 거친 것인지, 태양과 바람과 흙과 농부의 고마움을 조금이라도 알아챌 수 있었다면 그것으로 된 것이다.

화전놀이를 한 날이 힘들긴 했지만 가장 기억에 남는다.

진달래 피는 이른 봄, 아이들과 봉산을 넘어가며 진달래꽃을 따 텃밭에서 화전을 부쳐 먹었다. 아이들만이 아니라 참여한 어른들도 모두 처음해 보는 화전놀이였다. 서울에 살면서 이런 경험을 어떻게 할 수 있겠는가?

미리 준비한 찹쌀 반죽을 동글동글 빚어 살짝 눌러 준 후 기름을 두른 프라이팬에 굽는다. 진달래꽃을 미리 붙여서 구우면 색깔이 변해 버려 예쁘지가 않다. 다 구운 전에 꽃을 올린 다음 한 번 뒤집었다가 바로 먹어야 한다, 꿀을 찍어 먹으면 훨씬 맛있다. 화전은 눈으로 먼저 먹고 그다음에 꿀맛으로 먹는다. 우리 동네에 진달래 피는 봉산이 있어서, 텃밭이 있어서, 그리고 작은도서관이 있어서 가능한 풍경이다.

도토리학교는 놀이대장 고길회와 아이들이 처음으로 만나기 시작한 프로그램이었고, 운영위원만이 아니라 온 동네 어른이 강사와 봉사자로 나서야 하는 시간의 연속이었다. 2년간 이어진 도토리학교를 위해 동네의 인적자원을 총동원하여 할 수 있는 모든 체험 프로그램을 했다. 텃밭 활동만이 아니라 글쓰기, 미술, 공예, 북아트, 요리, 북한산 습지탐방, 한강야생탐사, 환경교육과 에너지센터 탐방에 이르기까지, 도서관에만 머물지 않고 마을 사람들이 재능을 나누며 아이들과 함께 성장하는 시간이었다.

도토리학교는 3기로 문을 닫았지만 토요일이면 산으로 들로 놀러 다니는 초록길놀이터는 오랫동안 이어졌다.

장생도에
등장한
루돌프와 산타

초록길도서관을 개관하고 3년 정도 지나니 자율적으로 운영되는 프로그램이 많이 생겼다. 오전에는 독서 모임, 취미 모임 등 성인을 위한 프로그램이 진행되었고 어린이 프로그램은 주말이나 방학에 하는 놀이프로그램이 대부분이었다. 아이들이 방과후에 할 수 있는 프로그램이 필요했다. 도서관에 와서 자율적으로 책만 읽으라 할 순 없지 않은가?

　마침 서울시 교육청이 혁신교육사업을 시작하던 시기였다. 혁신교육의 기조는 어린이와 청소년이 학교와 마을에서 삶의 주체로 성장할 수 있도록 교육청, 학교, 지역사회가 협력하여 학교와 마을이 연결된 교육공동체를 실현해 나가는 것이다. 학생과 학부모들이 자연스럽게 책을 매개로 만나고 소통하는 작은도서관은 혁신교육을 실현하는 데 아주 효율적인 공간이었다.

초록길도서관은 혁신교육지원센터의 지원을 받아 돌봄교실을 3년간 열 수 있었다. 처음 2년간은 도서관 운영위원을 중심으로 월, 수, 금 오후에 프로그램을 진행했다. 3년차에는 센터에서 돌봄교사를 파견하여 날마다 프로그램을 진행했다.

돌봄교실에서 가장 중요한 원칙은 아이들이 자유롭게 드나들 수 있어야 하며 프로그램 참여를 개방해야 한다는 것이었다. 학교 갔다 왔는데 뭔가 또 집중해서 배워야 한다면 얼마나 힘들겠나? 그래서 먹고 놀고 읽고 쉬는 것을 중심으로 프로그램을 구성했다. 월요일은 김은지 선생님과 함께하는 미술 활동 '민화동동', 금요일엔 백미숙 동화작가님과 함께 하는 '책 읽는 금요일', 수요일은 내가 맡아 요리교실과 영화감상을 격주로 진행했다.

"관장님~ 이번 주 요리 시간에 뭐 만들 거예요?"

"뭐 하면 좋을까?"

"샌드위치가 좋겠어요."

"싫어요! 짜장면 만들어요!"

20년 차 주부여도 해결되지 않는 '오늘 뭐 해 먹지?' 고민에 또 하나의 고민이 얹어졌다. '수요일엔 뭘 해 먹지?'

떡볶이, 유부초밥, 샌드위치, 카나페, 김밥, 부침개, 만두, 송편, 핫케이크에 팥빙수까지 어지간한 간식은 다 만들어 본 것 같다. 집에서 우리 애들 키울 때도 안 한 간식 목록이 다 등장했다. 도서관이라는 제한된 공간에서 조리해야 하고 무엇보다 안전하게 활동해야 하기 때문에 선택 가능한 메뉴에는 한계가 있었다. 거기다 아이들의 식성과 취향에 맞춰 메뉴를 합의하는 것도 쉬운 일은 아니었다.

초록길 아이들은 자기주장이 확실하고 의욕적이다. 그러다 보니 요리 과정에서 이런저런 불만과 요구가 터져 나오기도 한다.

"관장님, 저는 반죽을 한 번밖에 안 저었는데 왜 아영이는 두 번 해요?"

"시현이는 달걀을 두 개 넣었는데 저는 왜 하나밖에 못 깨게 해요?"

"효원 언니는 나보다 핫케이크를 두 개나 더 먹어요!"

"엄마 갖다 드리게 싸 주세요."

가장 큰 분쟁이 햄버거 만들기 시간에 일어났다. 이날은 아이들이 햄버거를 넉넉히 만들어 팔기로 한 날이었다. 미니 햄버거를 만들어 도서관에 오는 엄마들과 옆 가게 아저씨들에게 하나에 천 원 혹은 2천 원을 받으며 팔았다. 햄버거를 두 개 판 친구도 있고, 하나밖에 못 판 친구도 있고, 세 개 넘게 판 친구도 있었다.

정확하게 규칙을 정하지 않고 다 같이 만들고 다 같이 팔아서 번 돈으로 같이 아이스크림을 사 먹을 생각으로 시작한 것이 문제였다. 아이들은 영업 활동을 해서 발생한 이익을 직접 가져가겠다고 했다. 이런 요구를 받아들일 수 없었던 나는 재료비에 대한 권한을 주장하며 목소리를 높였다. 겨우 합의하여 햄버거 판 돈을 나눴는데 가장 많이 판 지영이가 많은 양보를 하게 되었다. 지영이는 불공평함을 토로하며 집에 가서 눈물을 흘렸다고 한다.

티격태격 요리교실은 이처럼 많은 사연을 남겼다. 그래도 아이들이 그해 가장 재미있었던 프로그램으로 선정해 주었고, 당시에 요리사가 꿈이라고 얘기하는 친구들이 많아서 고생한 만큼 보람을 느꼈다.

'민화동동' 수업을 진행한 김은지 선생님은 초록길에서 민화를 배우다 전문가가 되신 분이다. 유명한 민화대전에 입상하여 작가의 반열에 올랐다. 민화동동 수업은 민화 소재를 활용하지만 민화기법으로 채색만 하는 것이 아니다. 종이를 오리고 접고 찢어서 다양한 기법으로 멋진 작품을 완성한다.

모란도牡丹圖, 장생도張生圖 등이 아이들에 의해 재해석되고 새롭게 창작되었다. 수업 시간에 만든 것은 집에 가져가기도 하고 도서관 천장이며 벽을 장식하기도 했다. 가장 멋진 작품은 한동안 초록길도서관 서가 위에 전시한 신장생도新長生圖 병풍이다. 장생도가 아이들의 감성으로 새롭게 구성되었다. 거북이, 사슴, 학, 물, 소나무 등 장생도에 들어가는 열 가지 동물과 사물을 나눠서 만들어 붙이는데, 사슴을 만들던 친구가 루돌프를 만들어 버린 것이다. 그러자 다른 아이가 산타를 만들었다.

장생도에 산타라니! 아니, 장생도에 산타 할아버지가 들어가지 못할 이유가 있는가? 매년 크리스마스가 되면 어린

상상력과 호기심으로 탄생한 신장생도

이들에게 선물을 나눠 주는 산타 할아버지야말로 불멸의 존재가 아니던가? 어느새 나무 뒤에 숨은 토끼도 등장했다. 3학년 언니에게 대나무 잎을 만들어 전하려던 1학년 동생이 실수로 쏟고 말았다. 병풍 위로 촤르르 떨어진 댓잎은 그대로 멋졌다.

"선생님, 이대로 붙여도 돼요?"

아이들이 원하는 대로 붙이고 보니 잎사귀를 날리는 바람이 표현되었다. 미술 수업이 재미있었던 건 아이들의 상상력을 통제하지 않고 자유롭게 분출하도록 하며 협동하는 힘을 키워 준 김은지 선생님 덕분이었다.

도서관 사모님과
책 읽는 금요일

금요일은 동화작가님과 책 읽는 날이다. 2016년부터 2017년
까지 2년간 진행된 돌봄교실 프로그램명이 '책 읽는 금요일'
이다. 돌봄교실이 열리지 않은 해에도 어린이 독서프로그
램은 주로 금요일에 진행되었다. 의도하지 않았는데 '책 읽
는 금요일'은 초록길 대표 프로그램명으로 굳어졌다. 코로
나가 끝나고 다시 이 프로그램을 열 때도 당연히 금요일에
진행했다. 아이들만 달라졌을 뿐 프로그램 이름과 강사는
그대로다.

백미숙 동화작가님이 매주 금요일 오후에 아이들에게 책
을 읽어 주셨다. 책이 얼마나 재미있는지 알려 주는 게 목표
였지만 처음에는 쉽지 않았다. 초록길 소식지에 담긴 작가

어떤 자세라도 괜찮다. 귀만 쫑긋 열고 있으면 된다.

님의 후기를 옮겨 보겠다.

아이들에게 책을 읽어주려고 마음먹고서 막막했다. 어떤 책을 읽어줘야 할까? 재미있고, 아이들의 관심사와도 부합하고, 책을 읽고 나서 함께 이야기할 게 많은 책. 이걸 고르기가 참 쉽지 않았다. 애써 골라도 읽기 전에 제목이나 표지만 보고 재미없다고 하거나 좀 듣다가 이내 산만해진다. 아직 책에 재미를 못 붙인 탓이다.

어느 날 아이들이 열광하는 놀이 선생님 고길희가 왔길래 그 인기에 업혀가 보려고 했다. 늑대 가부와 염소 메이의 우정을 다룬 이야기에 메이를 고기(고길희를 줄여서 아이들이 부르는 애칭)라 하고 가부는 누가 할지 아이들에게 물었다. 다들 저는 싫단다. 아니, 동화의 주인공이 되는데? 고기와 공동 주연인데 싫다고?

한 아이가 이런다. "도서관 사모님이 하세요."

뭐? 도서관 사모님? 설마 나? 좋아, 하지 뭐.

"고기와 도서관 사모님이 산길을 걸어갑니다."

읽는데 빵 터진다. 이룰 수 없는 우정을 유지하는 대

가로 염소 무리와 늑대 무리 양쪽에서 배척받으며 쫓기는 두 주인공. 이거 완전 염소 고기와 늑대 도시락 사모님의 사랑의 도피 이야기 같다. 읽는 사람이 제일 재밌어하고 웃느라 책을 못 읽는다. 애들은 그런 나를 구경하다 이내 시큰둥하다. 아, 고길희의 인기를 빌려봤으나 오늘 고른 책은 실패구나.

그런데 책 읽는 시간이 몇 달째 이어지면서 아이들이 차츰 책에 재미를 느끼기 시작한다. 그림책에서 시작하여 단편 동화, 이제 장편 동화까지 집중해서 끝까지 듣는다.

아이들이 이미 읽었을까 봐 대충 이력이 없는 책을 고르는데도 학교나 집에서 읽었다고 할 때는 김이 샌다. 그러면 아이들은 또 의젓하게 말한다. "괜찮아요. 또 들어도 재미있어요."

책을 다 읽고 나서 공책에 뭐라도 끄적거리게 하려면 보상이 필요하다. 어른도 그렇지만 아이들에게도 글쓰기는 어려우니까. 또 배고픈 시간이기도 해서 옆의 편의점에 데려가 과자를 사주곤 한다. 이날은 미리 빵을 준비했다가 먹였으므로 달리 뭘 사줄 생각이 없었다. 그런데 아이들이 과자 사달라며 목에 매달리고 팔을 잡아끈다.

"작가니임~ 과자 사주세요오~"

어찌나 애교스럽게 조르는지 안 사주는 내가 막 치사해진다. "에잇, 그럼 가자."라고 말하려는 찰나, 아이들 중 하나가 이런다.

"아영아, 우리 니네집 놀러 가도 돼?"

"그래, 가서 아영이 엄마한테 과자 사달래라."

휴우, 하마터면 넘어갈 뻔했다.

– 2019년 초록길 소식지 백미숙

아이들은 함께 책을 읽고 난 후 느낌을 그림으로 혹은 글로 표현하기도 했는데, 그 결과물을 모으니 노트가 되었다. 프로그램에 참여하지 않은 아이들도, 어른들도 독서노트 보는 재미가 쏠쏠했다. 각자의 개성이 느껴지기도 하면서 기발한 이야기와 그림에 웃음을 터트리기도 했다. 백 작가님이 이참에 어른들도 공용 독서노트를 만들자고 제안했다.

그래서 초록길도서관에는《같이 쓰는 독서노트》두 권이 있다. 어린이용과 어른용이 따로 있다. 책을 읽고 짤막한 소감을 적어 다른 이들과 생각을 나누기 위함이다. 한동안 부지런히 노트에 글이 올라오더니 어느 순간 아무도 글을 쓰지 않는다. 몇 년이 지났건만 노트 한 권이 아직 채워지지 않은 채 도서관 한 귀퉁이에 가지런히 꽂혀 있다.

혁신교육에서 요구하는 마을교육을 초록길도서관은 꾸준히 시도하고 함께해 왔다. 지원사업은 끝났지만 마을교육은 진행형이다. 우리는 학교 안의 교육을 마을과 공동체로 확대하며 교육의 주체를 변화시켜 왔다. 삶의 공간이 곧 배움의 공간이 되는 것, 일방적으로 지식을 전하는 것이 아니라 학부모와 이웃, 어린이와 청소년이 서로 배우는 것이 마을교육 아닐까? 방과후 돌봄교실에서도 가르친 것보다 어린이에게 배운 것이 훨씬 많은 듯하다.

여기는
꽃집이
아닙니다

해가 잘 드는 초록길도서관 앞 데크와 계단은 봄부터 늦가을까지 예쁜 꽃과 나무로 가득하다. 고백하건데 도서관 관장인 나는 책보다 꽃에 더 신경을 썼다. 신간 도서를 구입하는 일은 운영위원들에게 맡기고 철마다 꽃모종을 사서 심는 데 더 열심이었다.

봄에는 마가렛, 패랭이, 장미, 팬지, 제라늄을 가을에는 과꽃, 국화꽃을 심었다. 미스김라일락, 란타나, 동백, 연산홍 같은 작은 나무도 심었다. 화분과 텃밭 주머니에도 심고 주민센터에서 보급한 텃밭상자에도 심었다.

골목길이 화사해졌다. 지나가던 주민들이 한 번씩 쳐다보고 가고 어르신들도 칭찬을 많이 해 주었다. 초록길도서관은 동네에서 독서문화 활동만이 아니라 꽃을 많이 심어서 지역주민의 정서 순화에도 도움을 주었다고 감히 말할 수 있다.

도서관을 꽃집이라고 생각했는지 꽃을 사러 들어오는 분도 더러 있었다. 나는 봄에 도서관 앞 화분에 꽃이 가득하면 그렇게 뿌듯하고 행복할 수 없었는데 봉사하는 선생님들의 표정은 그리 밝지 않았다. 착한 분들이라 내색은 안 해도 나도 눈치가 있는지라 다 알고 있었다. 관장은 모종을 사다 심기만 하고 그 많은 화분에 물 주는 일은 도서관을 지키는 봉사자들의 몫이 돼 버렸으니 말이다.

나는 꾀를 내서 아이들을 꼬드겼다. 꽃모종을 심는 일에 동참하게 한 것이다. "이 꽃은 네가 심었으니 매일 물 주고 잘 키워야 해." 그런데 아이들을 만만히 볼 일이 아니다. 녀석들은 자기가 심은 화분에만 열심히 물을 주었다. 내가 심은 꽃들은 겨우 목숨을 유지했다.

상자텃밭 농사도 재미가 쏠쏠했다. 방울토마토, 고추, 상추, 가지 등을 해마다 심어 제법 거둬 먹기도 했다. 한 해는 방과후지원센터에서 하는 '마을속학교' 프로그램을 초록길

아이들과 함께 가꾼
초록길 꽃밭

에서 진행했는데 그때 상자텃밭 가꾸기가 하나의 프로그램이었다. 전문가의 손길은 역시 달랐다. 아이들과 함께 상자텃밭에서 가지와 토마토 외에 감자와 고구마까지 수확한 것이다.

작년에는 상자텃밭을 이용해 '꿈틀이프로젝트'를 했다. 지렁이를 반려동물로 키우고 있는 청년 김웅 님이 강사로 프로그램을 진행했다. 아이들은 '지렁이박사'라고 불렀다. 그해 가장 인기를 끈 프로그램이 됐다. 아이들은 지렁이를 꿈틀이라 이름 짓고는 먹고 남은 과일이나 채소를 주며 키웠다. 텃밭상자에 지붕을 덮어 꿈틀이네 집도 만들어 주었다. 버려지는 음식물 쓰레기를 먹고 지렁이가 싼 똥 덕분에 좋은 흙이 되어 토마토를 키우고 수세미를 키울 수 있었다. 이 과정을 함께 한 아이들에게 지렁이는 징그러운 벌레가 아니라 지구를 지키는 사랑스럽고 고마운 생명이었다.

작년 봄엔 마을공동체지원센터에서 수세미 씨앗 나눔을 한다고 해서 씨앗 한 봉을 챙겼다. 재작년 누군가가 마을에서 키운 수세미에서 나온 씨앗이다. 정성스레 봉투에 담은 씨앗과 발아 방법부터 상세한 재배법까지 습득했다. 모종을 사서 심는 작업이야 수없이 해 봤지만 발아를 시켜 모종을 만드는 과정은 처음 해 보는 일이었다. 반드시 싹을 틔워 잘 키워서 도서관 아이들에게 진짜 '수세미'를 보여 주겠다는 오기가 생겼다.

계란판에 흙을 넣고 30개의 씨앗을 심고 날마다 물을 뿌려 주었다. 온도가 맞지 않나? 너무 물을 많이 줬나? 좀처럼 싹이 올라오지 않아 맘이 타들어 갔다. 씨앗을 받은 다른 분들은 수세미가 줄을 타고 올라간다는 소식을 전하기도 하는 터라 정말 울고 싶었다. 포기하려고 마음먹은 순간, 빼꼼히 흙 위로 올라온 수세미 떡잎, 오랜 기다림 끝에 4주의 모종을 도서관 앞 화분에 옮겨 심을 수 있었다.

이웃집 사는 이장님(전 운영위원)이 수세미가 타고 올라갈 줄을 걸어 주었고 운영위원들이 주말에도 나와서 물을 주었다. 나는 커피 찌꺼기로 퇴비 만드는 법을 배워 수세미에 아낌없이 거름을 주었다. 옆에서 크는 가지와 토마토보다 특별우대하며 정성을 들였다. 하지만 극진한 정성에도 좀처럼 꽃을 피우지 않았다. 꽃이 피어야 수세미가 열리는데 마음이 조급해졌다. 그래도 수세미는 줄을 타고 무럭무럭 자라 도서관에 아름다운 녹색 커튼을 드리워 책을 읽는 아이들과 골목길을 지나다니는 동네 사람들에게 푸르른 생명의 기운과 행복한 에너지를 아낌없이 선사했다.

'그래, 꽃이 없어도 열매가 없어도 이미 할 일을 했어!' 하고 받아들였는데, 큰 태풍이 지나가고 난 다음 날 노란 꽃이 줄기마다 피어 있는 게 아닌가? 그러던 어느 날 출입문 앞에 보란 듯이 커다란 수세미가 달렸다.

"얘들아. 이것이 바로 수세미란다. 진짜 수세미는 플라스틱으로 만든 게 아니야. 슈퍼마켓에서 파는 게 아니야. 바로 이것이 생명이란다!"

내가 공들인 수세미 못지않게 사랑받은 꽃나무가 있다. 미스김라일락 나무다. '미스김라일락'은 라일락보다 키도 작고 꽃도 작지만 향기는 훨씬 강하다. 2016년에 30센티미터가 채 되지 않는 모종을 작은 화분에 심었는데, 얼마나 잘 자라는지 해마다 키가 쑥쑥 커서 몇 번이나 분갈이를 해 줬다. 7년이 지난 지금은 대형 텃밭상자를 가득 채우고도 넘칠 정도로 존재감을 뽐내며 해마다 5월이면 진한 향기로 도서관을 찾는 사람들을 반긴다.

'미스김라일락'이라고 하면 진짜 이름이 맞느냐고 묻는 사람이 많다. 1948년 미군정 시절 미군 소속 식물학자가 북한산에서 털개회나무 종자를 채취하여 미국으로 가져가 개량했다고 한다. 그 과정에서 식물자료 정리를 도운 미스김의 성을 따서 '미스김라일락'이란 이름을 붙였단다. 우리나라 토종 나무가 미국으로 건너가 개량되어 이제는 로열티를 지급하고 수입하여 보급되는 상황이니 뭔가 씁쓸하기도 하다.

해마다 봄이 오면 도서관 앞에 활짝 핀 꽃들을 사진으로 찍어 기록했다. 5월에 피던 꽃이 올해는 4월에 일찌감치 폈다. 벚꽃이 일찍 개화하는 바람에 미리 잡아 뒀던 지방자치단체들의 벚꽃축제에 벚꽃이 없는 사태가 전국 여기저기서 벌어졌다.

나는 미스김라일락 향기를 기다리다 기후위기를 체감해 버렸다.

동백꽃
실종사건

동백나무는 미스김라일락과 함께 2016년 봄 초록길도서관으로 왔다. 꽃모종을 파는 트럭의 수많은 봄꽃 사이에서 동백꽃을 발견하고는 설레는 마음으로 데려왔다. 두어 송이 핀 붉은 동백꽃을 보노라면 내 마음은 이미 제주 카멜리아 힐과 강진 백련사 동백숲으로 가 있었다. 동백꽃은 이내 졌지만 초록잎이 싱싱하게 잘 자라더니 겨울이 오자 꽃망울이 맺혔다.

이른 봄, 영양이 부족했나? 햇빛이 부족했나? 꽃망울들이 흔적도 없이 떨어져 버렸다. 그래도 한 송이가 죽지 않고 활짝 피었다. 붉은 꽃송이가 고고하게 활짝 피었다. 얼마나 귀한가? 도서관에 오는 아이와 어른 가리지 않고 그 꽃을 보여 주며 자랑했다.

이듬해에는 식물 영양제도 주고, 지렁이 분변토도 뿌려 주며 지극정성을 다했다. 한겨울엔 얼까 봐 도서관 안에서 키웠다. 그 덕분인지 꽃망울이 셀 수 없이 열리더니 작년보다 훨씬 예쁜 꽃들이 시간차를 두고 피어났다. 우리 도서관의 자랑이었고 골목길의 스타였다.

그러던 어느 날, 도서관 운영위원회 카톡방에 난리가 났다. "동백꽃 화분이 사라졌어요." 밖에 내놓은 동백 화분이 밤새 사라진 것이다. 어린 자식을 잃어버린 심정이 이럴까? 모두 멘붕에 빠졌다. 훔쳐 간 사람의 마음을 움직여 보려 했다.

'경고! 초록길도서관 앞 동백꽃나무 가져가신 분! 제자리에 다시 가져다 두세요. 3년 동안 정이 든 꽃나무입니다. 경찰에 신고할 거에요.'

이렇게 경고문을 동백꽃이 있던 자리에 붙여 놓았지만 결국 돌아오지 않았다. 운영위원회에서 격론 끝에 경찰서에 신고하여 경찰이 출두했다. 주변 CCTV를 확인하거나 주차해 둔 차의 블랙박스를 보여 달라고 했지만, 옆 가게에선 보

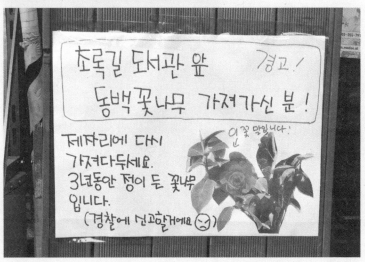

이웃에 대한 신뢰를 되찾고자 붙인 경고문

여 줄 수 없다고 했다. 앞집 차 주인도 마찬가지였다. 큰 재물을 잃은 것도 아니고 강력범죄도 아니어서 그런지 경찰은 수사를 제대로 하는 것 같지 않았다.

화분 하나 없어졌다고 너무 유난을 떤 건가? 동백꽃 사건에 대응하는 방법 때문에 어떤 운영위원은 마음의 상처를 받기도 했다. 경찰이 도서관에 왔다 갔다 하는 상황이 힘든 회원들도 있었을 것이다. 하지만 우리가 도둑맞은 것은 이웃에 대한 믿음이었다.

이제 도서관 앞을 지나가며 꽃을 유심히 들여다보는 사람이 있으면 혹시 동백 도둑이 아닌가 의심할 수도 있는 것이다. CCTV와 블랙박스를 보여 주지 않는 이웃들에게도 마음이 상했다. 앞으로 좀 귀한 꽃나무는 바깥에 내놓을 수 없을 것 같았다.

훔쳐 간 꽃을 보는 사람의 마음은 어떨까? 수많은 이웃이 함께할 수 있는 아름다움을 혼자 숨겨 놓고 본다고 행복할까?

이듬해 봄, 나는 다시 동백나무를 샀다. 도둑맞은 나무보다 좀 더 키가 크고 꽃도 많이 피어 있어 그 동백이 돌아온 것도 같았다. 훔쳐 갈 수 없도록 아주 큰 화분에 심었다. 몇 년간 분갈이를 안 해도 될 정도로 큰 화분이어서 혼자서는 들 수조차 없었다. 그런데 며칠 지나지 않아 다시 동백나무가 사라졌다. 이번에는 화분은 두고 흙을 파서 뿌리째 뽑아 갔다. '연쇄 동백꽃 실종사건'이 일어난 것이다.

이번에는 신고하지 않았다. 아무래도 우리 동네엔 동백꽃만 보면 참을 수 없는 '동백아가씨'가 살고 있나 보다. '헤일 수 없이 수많은 밤을 내 가슴 도려내는 아픔에 겨워 얼마나 울었던가~ 동백아가씨~ 그리움에 지쳐서 울다가 지쳐서 꽃잎은 빨갛게 멍이 들었오~~' 흘러간 가사처럼 우리 마음에 빨갛게 생채기가 났지만 이제 다 잊어 줄게요. 부디 예쁘게 잘 키워 주기만을 바랄 뿐. 그 후로 두 번 다시 동백꽃을 키울 엄두를 못 내고 있다.

하지만 초록길 앞은 여전히 꽃이 피어 있고 푸르름이 가득하다. 어떤 해에는 토마토 모종을 얼굴 모르는 이웃이 문앞에 두고 가서 아이들과 잘 키워 먹은 적도 있다. 가져가는 사람이 있는 반면 가져다주는 사람도 있다. 마을은 그런 곳이다.

이 길은
초록길이
아닙니다

"여기 주소가 초록길 몇 번인가요?"

도서관에 오서서 이렇게 묻는 분이 있었다. 골목길 이름이 초록길이어서 초록길도서관인 줄 알았다고 이야기하는 분도 여럿 보았다.

우리가 도서관 이름을 '초록길'로 정하다 보니 뜻하지 않게 여러모로 오해를 불렀다. 골목길 도로명을 초록길로 착각하는 분들이 꽤 있었던 것이다. 초록길도서관이 있는 골목길의 도로명은 연서로5길이다. 도서관 이름 때문에 난데없는 혼란과 불편함을 겪으면서 이런 사명감이 생겼다. '초록길도서관을 이 골목길의 랜드마크landmark로 만들어야겠다. 골목길을 오가는 주민들에게 열려 있는 사랑받는 공간

이 되어야 한다. 마을을 위해 뜻있는 역할을 해야 한다….'
이렇게 마음먹다 보니 역촌동 주민자치위원, 참여예산위원
감투까지 쓰게 되었다. 마을 오지라퍼로 거듭나고 있었던
것이다.

당시는 마을공동체 활성화가 막 시작되던 시기였다. 역
촌동 동장님을 비롯한 공무원들과 힘을 합쳐 '초록길 가꾸
기 프로젝트'에 들어갔다. 어린이들부터 어르신들까지 초
록길도서관에 모였다. 어린이들이 미리 모여서 도서관 주
변 동네 곳곳을 돌아본 뒤 '골목길 지도'를 만들었다. 골목길
사람들이 모여서 의견을 나누는 워크숍을 진행했다. 각자
생각하는 우리 골목길의 문제점을 살피고 어떻게 하면 더
좋은 환경으로 만들 수 있을지 아이디어를 모으는 시간이
었다.

어르신들은 담소를 나눌 평상이 하나 있었으면 좋겠다는
의견을 피력했다. 단풍나무가 있던 큰 단독주택이 헐리고
빌라가 들어서는 바람에 담장 아래 단풍나무 그늘에서 삼삼
오오 모이던 할머니들의 아지트가 사라진 것이다. 할머니
들은 그곳 맞은편 금성빌라 옆에 낡은 의자를 놓고 모여 담

작은도서관이 만드는 골목길 이야기

소를 나눴다. 해가 드는 시간에 의자를 그늘로 계속 옮겨야 하는 불편함을 감수하면서 만남을 이어 가셨다.

　어린이들과 부모들은 골목길이 좀 더 안전하고 아름다운 공간이 되길 바랐다. 텃밭상자를 동네 골목골목에 놓고 불법주차를 막고 벽화도 그리자고 제안했다.

　이렇게 모인 의견을 바탕으로 역촌동은 예산을 책정하여 골목길 프로젝트를 시작했다. 금성빌라에 사는 할머니의 동의를 구해 빌라 옆 공간에 평상을 놓고 옆 화단에는 텃밭을 조성하여 푸성귀를 키울 수 있게 했다. 도서관 앞에는 어린이들과 함께 다양한 채소 모종을 심은 텃밭상자를 만들어 동네주민들에게 나눠 주었다. 또 오래된 단독주택 담벼락에 벽화 그리기를 했는데 인근 중학교 동아리에서 온 청소년들이 멋진 작품을 완성했다. 마을 회의를 다시 할 때는 할머니들이 식혜를 한솥 만들어 와서 나눠 먹기도 했다.

　우리는 골목길 어르신들과 함께 하는 도서관 프로그램도 마련했다.

　'우리 집 콩나물국 얼마나 짤까?'

　할머니들과 함께 콩나물국을 끓인 다음 각자 기호에 맞게간을 맞추고 염도를 재서 식습관을 알아보는 프로그램이었다. 짜게 먹는 식습관이 고혈압이나 심장병 같은 노인성 질환에 나쁜 영향을 미친다는 사실을 알려 드리는 건강강좌였다. 훗날 사회적기업 육성에 힘썼다고 대통령상까지 받으며 유명인사가 된 살림의원의 추혜인 원장이 마을주치의로 나서던 때였다. 콩나물국에 비빔밥과 잡채를 곁들여 나눠 먹으며 진행하는 건강강좌를 기획하고 진행할 수 있었던 것은 '건강한 관계망'을 만들어 가는 마을 공간으로서 작은도서관을 지향했기 때문에 가능했다고 본다.

골목길에 열린 공간이 하나 있다는 것만으로도 이렇게 동네 주민들의 공동체성을 끌어내는 계기가 될 수 있었다. 주민센터에서 관 주도성이 높은 단체 중심으로 모이는 것과는 차원이 다른 실질적인 관계가 만들어지고 있다는 것을 온몸으로 체감할 수 있었다.

도서관을 만들던 2011년 가을, 시민운동가 출신의 인권변호사가 서울시장으로 당선되면서 2012년부터 마을공동체 사업이 시작되었다. 1억까지 지원해 주는 북카페 조성사업이 사업공고에 올라왔다. 초록길도서관 같은 곳을 만들

수 있는 맞춤 사업이었다. 공사비며 임대료까지도 지원된다는 사업공고문을 보며 나는 눈물을 흘렸다. '무엇이 급하다고 빚까지 져 가며 번갯불에 콩 구워 먹듯 큰일을 벌였나? 6개월만 참을걸….' 그러나 몇 년 뒤 후회는 자부심으로 바뀌었다. 당시 지원에 의존해서 만든 북카페들이 예산 지원이 끊어지자 버티지 못하고 거의 문을 닫은 것이다. 주민의 힘으로 스스로 만들어 협동의 힘으로 운영하는 것이 지속가능성의 기본 조건이었던 셈이다.

우리가 힘을 기울인 역촌동 골목길 프로젝트는 성공했을까?

할머니들은 평상으로 만족하지 않았다. 햇빛을 막기 위해 지붕을 얹고 전기를 끌어왔다. 커피포트를 가져오고 선풍기를 가져오는 등 살림살이가 하나씩 늘었다. 잠깐 쉬어 가는 평상이 아니라 거의 움막 수준이 되어 가고 있었다. 그 일을 주도하는 대장 할머니가 동네에서 한 성격 하는 것으로 유명한데, 사람을 잘 모으지만 적도 꽤 있었다. 어느 날 그 할머니와 사이가 좋지 않은 아주머니 한 분이 도서관으로 들이닥쳤다.

"저기 움막을 여기서 만들어 준 거라며? 여기가 판자촌이야? 동네 집값 떨어지게 생겼어!"

"저… 그게 아니고… 주민센터에서 만들어 준 건데요."

동네 평상이 조성된 상황을 설명하려 했지만 아주머니는 제대로 듣지 않으셨고 대장 할머니 욕을 한 바가지 쏟아붓고 가셨다. 그런 다음 지속적으로 행정기관에 민원을 넣으셨다.

어느 날은 할머니가 찾아와 그 아주머니 욕을 하고, 다음 날은 아주머니가 찾아와 할머니 욕을 하는 날들이 상당 기간 지속되었다. 초록길도서관만이 아니라 주민센터에서도 동시에 벌어진 광경이다. 동장님과 나의 시름이 점점 깊어졌다. 그런데 민원을 넣는 분이 그 아주머니만은 아니라고 했다. 할머니들이 골목길에 모여 앉아 지나가는 사람들을 쳐다보는 것이 부담스럽다는 민원도 있었다.

나는 도서관에 오는 엄마들에게 살짝 물어보았다. 골목길에 할머니들 앉아 계신 게 부담스럽냐고. 대체로 들려온 답은 아이들 키우는 입장에서 할머니들이 그 자리에 앉아 계셔서 오히려 든든하고 안심이 된다는 것이었다. 한번은 뛰어다니는 아이가 차에 부딪칠 뻔한 적이 있는데 할머니들이 소리를 질러서 사고를 면했다고 한다. 또한 아이들이 지나가며 할머니들께 인사하고, 할머니들은 유아차 탄 아기들을 보고 귀엽다고 덕담도 하시고, 엄마들에게 육아 노하우를 전하기도 한다며, 그런 골목길이 정겹다고 했다.

마을이란 착한 사람들만 모여 오손도손 정을 나누며 사는 곳이 아니다. 누군가에겐 아무에게도 간섭받거나 방해받지 않고 편히 쉴 수 있어야 하고, 누군가에게는 생활의 편의를 충분히 누릴 수 있는 곳이어야 했다. 이웃과 인사하고 관계를 맺는 일이 즐거운 사람이 있는가 하면 불편한 사람도 있다.

우리는 왜 마을을 이야기하고 공동체를 이야기할까? 결국 혼자서는 살 수 없기 때문일 텐데, 관계를 맺고 함께한다는 건 그만큼 서로를 침범한다는 의미일 수 있다. 우리는 개인의 인권과 자유를 이야기하면서 왜 끊임없이 연결되려고 애쓰는 것일까? 작은도서관을 만들고 운영한 10여 년의 세월은 어쩌면 그 답을 찾아가는 과정이 아니었을까?

할머니들의 평상은 지붕을 뜯고 다시 올리기를 반복하며

몇 년을 버티다 결국엔 철거되었다. 그 평상에 붙박이로 계시던 할머니 중에 돌아가신 분도 계시다. 대장 할머니도 기력이 쇠해지셨는지 요즘은 요란한 싸움을 볼 수 없다.

도서관 앞 빌리에 있는 느티나무도 민원에 시달렸다. 느티나무는 빨리 자랄 뿐만 아니라 무성한 가지를 뻗어 마을에서 정자나무 역할을 한다. 그런데 좁은 골목길에 자리를 잡다 보니 무성하게 뻗은 느티나무 가지가 이웃집 창문을 침범한 것이다. 한 해는 구청에 요청해 가지치기를 했다. 빌라의 반장 아주머니는 마구잡이로 잘려 나간 나뭇가지를 보며 속상해했지만 어쩔 도리가 없었다. 다음 해에도 느티나무는 무성히 가지를 뻗었지만 구청에선 사유재산이라 매년 가지치기를 해 줄 수 없다고 했다. 작은 빌라의 관리비로 수십만 원에 달하는 가지치기 비용을 감당할 수 없는 노릇이었다. 게다가 나뭇가지가 뻗는 것처럼 나무뿌리 역시 건물 지반을 침입하고 있었다.

골목길의 상징이었고 무성한 나뭇잎으로 초록길도서관을 감싸 안아 주던 느티나무는 이듬해에 그루터기만 남기고 사라졌다. 25년을 함께 산 나무를 베던 날, 반장 아주머니의 붉어진 눈시울을 보았다. 날마다 도서관을 드나들던 아이들과 회원들도 마음이 먹먹한 건 어쩔 수 없었다. 우리는 베어진 나무 한 토막을 한동안 도서관 앞에 놓아두고 그 느티나무를 기억했다.

안심하고
나이 들고
싶은 마을

초록길도서관에서는 아이들과 함께 뭘 많이 먹는다. 먹고 돌아서면 배가 고픈 성장기 아이들을 위해 중요하게 고려한 부분이다. 요리교실을 열어 음식을 만들어 먹기도 하고 엄마들이 간식을 챙겨 와 함께 나눠 먹기도 한다. 집에서는 음식 투정하던 아이들도 직접 만들고 함께 나누면 양껏 먹는다.

도서관 앞집에 살며 눈이 유난히 크고 동그란 여자아이가 있었다. 초등학교 1학년인데 먹는 양이 어른보다 많았다. 며칠은 굶은 사람처럼 먹었다. 도서관에 혼자서도 잘 오고 어른들과 이야기도 잘 나눠서 사랑받는 아이였다. 나는 그저 먹성이 좋고 활발한 아이로만 여겼다. 그런데 세심히 아이를 살피던 운영위원들이 가정환경이 어렵다는 사실을 알아챘다. 가끔 찾아오던 엄마와 이야기를 나눌 기회가 생겼는데, 사정을 들어 보니 이랬다. 아이의 아빠는 1년 넘게 집에 들어오지 않고 생활비도 보내지 않는다고 한다. 엄마가 골목을 다니며 고물이나 폐지를 주워다 파는데 식비를 감당할 수 없다고 했다. 집 나간 남편과 법적 관계가 정리된 것도 아니고 좁은 빌라도 자가인 탓에 기초수급자 신청이나 한부모가정 지원도 안 되는 처지였다. 무엇보다 아이 엄마의 우울감이 문제였다. 좁은 집에 각종 고물을 잔뜩 쌓아 놓은 데다 본인과 딸을 위해 영양 있는 식사를 준비할 여력이 안 됐다. 사정을 알게 된 이웃들이 돕기로 했다. 형편 되는 이들이 밑반찬을 나누고, 아이 엄마의 아르바이트 자리도 알아보기로 했다.

추진력의 대명사 권성화 언니가 이참에 동네 독거 어르신 몇 분께도 반찬을 만들어 드리자고 제안했다. 이리하여 몇몇 회원이 동참해서 반찬봉사모임 '초록찬'이 결성되었다. 활동 방식은 간단했다. 매주 월요일 아침 각자 한 가지 반찬을 넉넉히 만들어 온다. 칸칸이 나눠진 찬통에 가져온 반찬

각자 한 가지씩 가져와 푸짐한 초록찬

을 골고루 담은 후 배달한다. 주민센터에 의뢰해서 5명 정도 반찬 지원이 필요한 분들께 나눔을 했다. 봉사자는 바뀌었지만 이 모임은 8년간 활동이 이어졌다.

애초 반찬을 받기로 했던 아이 엄마는 한두 차례 받은 후 받지 않겠다고 했다. 일자리도 구하고 스스로 해결할 테니 몸이 힘드신 어르신들께 드리라고 했다. 아직 젊은 자신이 어르신들과 함께 반찬을 받아먹는다는 것이 스스로 용납이 안 된다고 했다. 좋은 의도라도 상대의 자존감에 상처를 준다면 하지 않는 편이 맞다. 그 후 아이 아빠가 돌아왔다는 소식이 들리더니, 얼마 안 있어 옆 동네로 이사 간 뒤로 소식이 끊겼다.

처음 어르신들께 반찬을 드릴 때는 주민센터의 추천을 받았다. 자식은 있지만 찾아오지 않는 분들, 낡은 집에 살면서 식사를 제대로 못 챙기는데 자가여서 기초생활수급자가 못 되신 분이 대부분이었다. 흔히 말하는 복지 사각지대에 놓인 분들이다. 초록찬 회원들이 반찬을 만들어 오면 성화 언니와 내가 주로 배송을 담당했다. 주민센터에서 추천해 주신 분들의 주거 형태는 거의 반지하였다. 빛 한 줌 들어오지 않는 지하실도 있다. 가스비가 없어 전기장판에 의지해 한겨울을 나는 분이 대부분이다. 이분들의 집 앞에는 리어카가 놓여 있다. 폐지와 고물을 주워 생계를 유지한다. 도서관에서 낡은 책을 폐기할 때 모아서 어르신들께 드리기도 했다.

골목길 평상에 계신 어르신들께도 반찬이 필요하신 분을 소개해 달라고 했다. 사실 거기 계신 모두가 반찬 지원이 필요한 분이긴 하다. 하지만 우리가 큰 복지관도 아니고 지원금 없이 마음을 내어 하는 소소한 소모임 활동이라 양해를 구했다. 대장 할머니가 골목 끝에 사는 할아버지 한 분을 추천했다.

"그 영감이 밥을 제대로 못 챙겨 먹는대. 못된 며느리가 반찬도 안 해 준다네."

할아버지를 부양할 책임이 있다면 아들이어야 하는데 며느리를 욕한다. 집안에서 돌봄노동은 늘 여성의 몫이다. 자녀를 양육하고 시어른을 봉양한 후 늙은 남편까지 챙기며 여생을 보내는 여성이 많다. 자신을 돌볼 여유 없이 살다가 정작 돌봄이 필요할 땐 제대로 된 돌봄을 받지 못하는 형편이다.

어느 순간, 반찬봉사를 받으시는 분의 대부분이 남성 어르신이 되었다. 여성들은 조금만 움직일 수 있어도 남의 신세 지지 않고 자기 몸을 건사하려 하는 경향이 있다. 이에 비해 남성들은 평생 돌봄을 받기만 하다 혼자 되면 즉각 곤란한 처지가 된다. 스스로 돌보는 방법을 배우지 못했기 때문이다. 가부장제 사회에서는 여성만이 아니라 남성도 존엄하게 살아가기 어렵다는 사실을 반찬봉사 소모임을 하면서 절실히 깨달았다.

돌봄을 해 본 사람이 돌봄의 고마움을 알고, 음식도 만들어 본 사람이 그 수고로움을 안다. 반찬을 들고 찾아가면 요구르트나 방울토마토 같은 것을 기어이 쥐여 주시는 분은 대부분 할머니다.

평상에 앉아 계신 동네 할머니들, 친정엄마나 시어머니 등 노인 여성을 내 나름대로 분석한 결과는 이렇다. 첫째, 할머니들은 걸어 다니는 도서관이다. 책을 읽고 공부해서 얻은 지식이 아니라 삶에서 나오는 지혜다. 가난과 전쟁, 산업화와 민주화를 겪어 낸 이 세대의 할머니는 모두가 살아 있는 역사책이기도 하다.

둘째, 할머니들은 무조건 모인다. 경로당이나 마을회관을 차지하는 것도 대부분 할머니다. 골목에 조그만 공터가 있거나 나무그늘만 있어도 모인다. 할아버지들이 탑골공원에 가거나 기원에 모이는 것과는 차원이 다른 셈이다.

셋째, 할머니들은 서로 돕는다. 욕하고 싸우다가도 누가 어려운 처지에 놓이면 힘을 보탠다. 복지관에서 뭘 나눠 준다거나 어디서 경로잔치가 열린다는 정보가 있으면 순식간에 공유한다.

이분들은 평생 가부장제 사회에서 억압된 삶을 살아 왔기에 혼자 살 수 없다는 사실을 몸으로 부대낀 세월로 아는 것이다. 한편으론 할머니들이 가부장제를 공고히 하는 역할을 하는 것도 맞다. 못된 며느리를 탓하며 할아버지에게 반찬을 가져다주라고 한 할머니 때문에 마음이 상한 것도 사실이다. 하지만 봉사활동을 하면서 상대의 가치관과 인생을 말 한마디로 평가할 순 없지 않나? 배고픈 사람이 있으면 나눠 먹는 게 인지상정이다. 할머니들이 그렇게 살아온 것처럼.

고령화가 가속하는 와중에 노인의 가난과 고립이 심각한

사회문제가 되고 있다. 복지를 확대한들 사각지대는 늘 존재한다. 복지제도를 더 촘촘하게 설계하고 예산도 확충해야 하겠지만, 공동체가 아니면 해결할 수 없는 부분도 있다. 외로움이다. 어르신들은 사실 반찬을 기다리는 것이 아니라 사람을 기다린다는 걸 어느 순간 알아 버렸다. 굶주리는 노인, 고독사하는 노인이 있는 곳을 건강한 마을이라고 할 수 있을까?

초록길도서관은 주로 어린이를 돌보는 역할을 한다. 함께 아이들을 키우는 것이 설립 취지이기도 하다. 그런 곳에서 어르신 반찬봉사를 오랜 기간 이어갈 수 있었던 동력은 무엇일까? 이웃을 돕고자 하는 선량한 마음이 모인 것이 표면적인 이유일 것이다. 언젠가 자원봉사를 원하는 분이 오셔서 이런 이야기를 한 적이 있다. "젊을 때 봉사활동을 많이 하고 싶어요. 봉사 시간을 은행에 저축하듯 적립해서 나중에 내가 봉사한 시간만큼 늙고 병들었을 때 누군가에게 보살핌을 받을 수 있으면 좋겠어요. 꼭 정확히 계산되지 않는다 하더라도 언젠가 나도 보살핌을 받게 될 테지요." 평생 돌봄을 받기만 하는 사람도 없고, 돌봄을 받지 않고 살 수 있는 사람도 없다.

반찬봉사를 시작할 때부터 함께한 미숙 님은 이웃동네로 이사 가서도 그런 활동을 오랜 기간 이어갔는데, 그분이 동참하게 된 계기는 시아버지였다. 시아버지가 지방에 계셔서 식사를 챙겨 드릴 수 없는데 복지관에서 반찬을 받으신다고 했다. 그 고마움을 본인이 사는 동네 어르신께 반찬을 만들어 드리는 일로 갚겠다고 했다.

서로를 돌본다는 것은 일대일로 주고받는 관계가 아니라 공동체, 사회적 관계 안에서 이루어진다. 아이들이 희망이라고 많이 이야기하는데 나는 노인의 삶이 우리의 희망이 되어야 한다고 생각한다. 노인의 삶이 존엄하고 행복해야 우리도 안심하고 늙어 갈 수 있고 아이들도 미래를 꿈꾸며 성장할 수 있기 때문이다.

누구나 마음속에
이야기 하나쯤은
품고 산다

가을이 시작되던 주말 오후, 구립도서관 구산동도서관마을 마당에서 시낭송회가 열렸다. '맛있는 시'라는 제목으로 음식과 관련된 시를 주민들이 낭송하고, 음식 나눔도 하는 프로그램이었다. 초록길도서관 운영위원으로 봉사하고 있는 허남선 님이 무대에 올라서 시집을 펼쳐 들고 낭송을 시작했다.

아버지

허남선

싸리버섯, 노루궁뎅이버섯, 삿갓버섯,

갈버섯, 영지버섯, 송이버섯

그중에 송이버섯은
우리에게 희망이었다.

긴 옷으로 갈아입을 때가 되면
아버지는
산에서 희망들을 가지고 오셨고
우리는
그 희망을 먹고
어른이 되었다.

귀뚜라미 소리 들릴 때가 되면
쉽게 만날 수 있었는데
아버지의 땀 냄새처럼
너무나 익숙한
소나무향을 이제는 만날 수 없다

(이하 생략)

시를 읽는 허남선 님의 목소리가 떨렸다. 아버님에 대한 그리움이 묻어 있는 한 문장 한 문장을 읽어 나가는 목소리에 물기가 가득했다. 듣는 이들도 울컥하긴 마찬가지였다.

몇 년 전 허남선 님의 아버지께서 돌아가셔서 강원도로 문상을 다녀온 적이 있다. 그날의 장면이 떠올랐다. 그리고 이른 새벽 자식들의 희망을 찾아 어둑어둑한 산골짜기를 헤매는 한 번도 뵌 적 없는 그분의 모습이 눈앞에 어른거렸다. 좋은 글은 읽는 이에게서 공감을 끌어내고 감동을 준다. 현란한 글재주, 화려한 수사가 아니라 '진심'만이 마음을 움직일 수 있다.

허남선 님의 시는 초록길도서관에서 발간한 시집《시 읽는 마을》에 실린 작품이다. 2019년에 동시작가 김미혜 선생님을 초록길에 모셔서 어린이 동시수업과 성인을 위한 시창작교실, 이렇게 두 가지 프로그램을 진행했다. 아이와 어른을 합쳐 25명이 수업 시간에 쓴 시를 모아 시집을 엮었다.

시 수업을 진행하는 동안 어린이들은 행복했고 어른들은 괴로워했다. 어린이들이 꽃과 나무와 대화를 나누며 쓱쓱 써

내는 동안 어른들은 한 편 한 편 자신과의 싸움을 치러야 했다. 아이들의 시는 별처럼 반짝반짝 빛이 났고 어른들의 시는 꽃처럼 착하고 아름다웠다. 모두가 시인이 될 순 없지만, 누구나 시인이 될 수 있다는 가능성을 깨달은 시간이었다.

초록길도서관은 12년의 세월 동안 꾸준히 글쓰기 수업을 진행했다. 그 결과물로 여러 권의 책을 펴냈다. 생활글을 담은 2권의 문집을 시작으로 5권의 동화책, 1권의 시집, 2권의 에세이집이 세상에 나왔다. 동네 이웃의 삶이 글이 되고 책이 되었다.

동화쓰기 수업은 초록길의 대표적인 프로그램이다. 동화 관련 수업을 듣고 반드시 동화 한 편을 써야 했으며, 수강생들이 쓴 동화는 책으로 묶었다. 글쓴이 자신이 그린 그림을 얹어서.

이렇게 꾸준히 책을 낼 수 있었던 건 도서관을 함께 만든 백미숙 동화작가님이 계셨기 때문이다. "누구나 마음속에 이야기 하나쯤은 품고 산다."는 믿음으로 수강생 마음 깊은 곳에 있는 이야기를 꺼내는 역할을 해 주셨다. 동화쓰기 수업에서 백미숙 작가님이 세운 또 하나의 원칙은 반드시 책으로 엮는다는 것이었다. 애써 꺼낸 이야기가 컴퓨터 파일로만 남아 있어선 의미가 없으니까.

책을 만들려면 디자인비와 인쇄비 등 비용이 많이 든다. 평생학습 지원사업 예산을 사용했지만 모자라면 도서관 통장의 아슬아슬한 잔액을 사용하기도 했다. 디자인비를 제대로 책정할 수 없으니 참가자들과 운영위원들이 그림을 그리고 편집을 했다. '백미숙 동화교실' 참가자들의 글을 묶어 2014년에 《밴댕이 엄마》를 시작으로 《처음이라 하기엔》, 《그래도 동화》를 연이어 발간했다. 이후 2019년 이지현 동화작가와 함께한 《이야기맛집》, 2022년 김아영 동화작가와 함께한 《안녕? 나의동화》가 탄생했다.

동화쓰기에 참여하여 초록길 동화책에 글을 싣고 꾸준히 습작을 이어가던 이들 중엔 등단한 사람도 있고 단독으로 동화책을 출간한 사람도 있다. 아이에게 책을 읽힐 때 도움이 될까 싶어 왔거나 문학에 대한 꿈을 키우다 초록길을 만나서 취미 활동으로 재능을 발견하게 된 것이다.

도서관에서 동화책을 다섯 권 냈다는 뿌듯함이 있지만, 참가자들에게는 더욱 각별한 경험이 되었을 것이다. 동화

진실된 마음이 글이 되고 책이 된다.

소재를 찾는 과정에서 자신의 어릴 적 이야기나 자녀의 이야기를 가져오는 경우가 많다. 책에 들어갈 그림을 아이가 그리는 경우도 있어 더 특별해진다. 모르는 누군가의 이야기가 아니라 엄마가 들려주는 동화라니 얼마나 멋진가. 성장기에 잊고 살다가 바래고 먼지 앉은 책을 꺼내 엄마가 쓴 동화를 읽을 미래의 아이는 얼마나 기쁠까?

이웃들이 쓴 동화를 읽고 있노라면 자체 음성 지원이 된다. 주인공의 모습에 글쓴이가 그대로 담겨 있기 때문이다. 모든 글이 그렇겠지만 동화 역시도 글쓴이의 경험과 가치관을 크게 벗어날 수 없는 것 같다. 주인공이 어린이든 동물이든, 결국 자기 이야기를 풀어내고 있었다. 그래서 아는 사람이 쓴 글이 더 재미있다. 때론 알지 못하는 상처와 아픔이 느껴져 먹먹한 순간도 있지만, 글을 쓰는 과정을 통해 시나브로 치유가 되고 있음을 알 수 있다.

동화쓰기 과정에 참여하지 않고 활자로 읽기만 한 나도 이러한데, 오랜 기간 수업에 참여하며 이야기를 나누고 합평과 퇴고를 거쳐 창작의 산고를 겪어 본 사람들은 얼마나 뿌듯할까?

결과물 못지않게 그 과정도 중요하다. 나는 동화쓰기 수업이 진행되기 전인 2013년에 백미숙 작가님이 진행한 생활 글쓰기 수업에 참여한 적이 있다. 문장력을 키우기 위해 무엇을 배운 기억은 거의 없다. 어릴 적 이야기를 하며 울고 웃은 기억만 있다. 목포시장에서 채소 장사하던 딸부잣집 은하 씨 이야기, 집에서 몰래 맛탕을 해 먹다 불이 나서 눈썹이 다 타는 바람에 별명이 모나리자가 된 미경 씨 이야기를 생각하면 지금도 웃음이 난다. 어린 시절로 시간여행을 떠나 그 장면들을 이야기하다 보면 묻어 두었던 그리움과 감춰 둔 슬픔이 올라와 이내 목소리가 떨리고 어느새 모두 같이 울고 있다. '엄마' 이야기를 하며 울지 않는 사람을 못 본 것 같다.

나는 너무 아파서 30년간 입 밖으로 꺼내지 못한 할머니의 이야기를 글로 썼다. 그 시절 나로 돌아가서 봉인해 두었던 가난과 결핍을 비로소 마주할 수 있었고, 삭제한 메일을 복구하듯 유년의 기억을 되살릴 수 있었다.

글을 쓴다는 것은 결국 자신을 드러내는 과정이고 타인과 공감하는 과정 아니겠는가? 자신을 솔직하게 드러내는 것에 서툰 사람이 글재주만 배운다고 좋은 글이 나올 리 없다. 초록길에서 여성 글쓰기 교실을 2년에 걸쳐 진행한 최영선 작가는 글쓰기 과정을 봉인했던 삶의 보따리를 풀어내는 시간이라고 말한다.

"누군가 질문했습니다. 꽉 묶어뒀기에 잊어버릴 수 있었던 아픈 이야기를 부러 펼쳐서 고통을 끄집어낼 필요가 있을까요? 저는 풀어버려야 한다고 대답했습니다. 의식에서 잊었다 하더라도 무의식 어딘가에 똬리 틀고 있을 테고 고통스러운 경험이라면 더욱 내 몸과 마음 어느 구석에서 곰팡이처럼 피어나서 나의 감정 어딘가를 아프게 한 테니까요. 자신의 과거를 보고 듣고 말하고 받아들이면 인정하게 되고 자신을 다스릴 수 있게 됩니다."

— 최영선, 《봉인해제》 서문에서

이 수업 참가자들은 써 온 글을 아무도 제대로 소리 내어 읽지 못했다고 한다. 이쯤 되면 글쓰기 수업인지 심리상담

인지 분간이 안 간다. 글쓰기 수업 후 펴낸 에세이집의 제목은 《오로지, 나》 그리고 《봉인해제》다.

초록길도서관의 모든 글쓰기 수업은 스스로를 성찰하고 내면의 이야기를 꺼내는 과정이었다. 함께여서 가능했다. 내 이야기를 들어 주고 공감해 주는 이웃과 함께여서 진실된 마음이 글이 되고 책이 되어 세상에 나올 수 있었다. 초록길도서관에서 글쓰기는 이웃과 관계 맺는 과정이었다.

작은도서관의 생명은 프로그램이다. 도서 대출이나 열람 같은 도서관 고유 기능은 아무래도 공공도서관을 따라갈 수가 없다. 작은도서관이 민주적 시민을 길러내는 마을공동체 공간으로 잘 작동하려면 끊임없이 프로그램을 기획해야 한다. 그런데 문제는 돈이 없다는 것이다.

초록길도서관은 구보조금이나 공모사업을 통해 많은 프로그램을 진행해 왔다. 하지만 예산은 항상 부족했고 강사비는 넉넉하지 않았다. 유명 강사를 모셔 올 형편이 되지 않았다. 그러니 동네에 있는 인적자원을 최대한 활용하는 수밖에 없었고 자연스럽게 서로 배우고 가르치는 관계가 형성되었다.

두레생협 이사장을 지낸 어르신이 계시다. 개관식 때 대표로 축사도 해 주신 전양수 이사장께서 초록길에 도움을 주고 싶어 하셨다. "내가 애들 바둑을 가르쳐 볼까?" 그렇게 해서 어린이 바둑교실이 만들어졌다.

동네에 우리 가족이 자주 가는 단골 횟집이 있었다. 역촌동에서 조그만 횟집을 운영했는데 장사가 꽤 잘됐다. 돈을 벌어 다른 동네에 크게 차려 이사를 했다. 내가 작은도서관을 만든다고 하니 후원금도 내주시고 재능기부를 하고 싶다는 의사를 밝히셨다. 횟집 사장님께 어떤 기부를 받으면 좋을까? 그래서 만든 프로그램이 '초밥 만들기' 강좌였다.

도서관을 개관한 지 얼마 되지 않을 때였는데, 홍보를 하자마자 인원이 찼다. 도서관 근처에 사시는 일본 이주여성 유미코 님도 참가했다. 일본에서도 해 본 적 없는 초밥을 동네 도서관에서 배운다고 했다. 초창기 멤버들은 유쾌하고 맛있었던 기억을 떠올리며 지금도 그날을 이야기한다. 초밥 만들기 프로그램 이후 도서관이 동네에서 인기를 끌면서 참가하는 분들이 좀 더 편안하게 도서관을 드나들었다.

영화 〈웰컴투 동막골〉에서 마을 사람들을 잘 이끄는 촌장에게 인민군 지도자가 영도력의 비밀이 무엇이냐고 묻는 장면이 나온다. 그때 이런 명대사가 나온다. "머를 마이 멕이야지(무엇을 많이 먹여야지)." 그렇다. 공동체가 잘되는 쉽고 좋은 방법은 함께 음식을 나누는 것이다.

도서관 창립 멤버인 권성화 언니를 내가 전지전능한 '권느님'이라고도 부르는 이유는 재능이 무궁무진해서다. 아이들에게 역사와 사회를 가르치는 강사인데 끊임없이 무언가를 배운다. 미술과 관련된 것만 해도 수채화, 유화, 민화, 수묵화 등 해 보지 않은 분야가 없다. 빵을 만들어 독거 어르신께 드린 적이 있는데, 얼마 지나지 않아 떡을 만들고 있다고 했다. 성화 언니는 옷도 만들고, 가구도 만들고, 종이꽃도 만들고, 비누도 만들고, 가방도 만든다. 아이들을 가르치는 시간 외엔 뭐든 배운다. 본인도 지금까지 배운 것들을 다 세지 못할 것이다.

그런 성화 언니가 도서관에서 재능나눔을 한 프로그램은 역사강의와 북아트였다. 워낙 바쁘다 보니 주로 방학특강으로 진행했는데, 거기서 그치지 않고 아로마테라피와 비누공예 하는 친구를 섭외해 와서 한동안 초록길 고정 프로그램으로 진행하기도 했다.

　도서관을 운영하는 중에 소중한 인재가 제 발로 찾아오는 행운도 누렸다. 미국인 남편과 결혼해서 유타에서 살고 있는 황주연 선생님은 사업 차 한국에 머무는 동안 우연히 도서관에 들렀다가 인연을 맺었다. 그분과 맘이 통해서 '주부 영어교실'을 열었다. 제인, 조, 캔디, 데이지, 제니퍼…. 참가자들은 각자 영어식 이름을 지어 불렀는데 그게 그대로 별명이 된 경우도 있다. 초록길 지킴이를 하다 지금은 구청에서 일하고 있는 제니퍼는 본명을 모르는 사람이 더 많다.

　십수 년 혹은 수십 년 만에 영어 공부를 하려니 힘이 들긴 했지만, 누가 시켜서 하는 것이 아니었기에 얼마나 재미가 있던지. 수업 후 수다와 선생님의 미국 생활을 듣는 시간이 훨씬 재미있었다. 영어 선생님이 미국으로 돌아간 후 한동안 영어 수업이 끊어졌다. 그런데 몇 년 뒤 캐나다에서 교수로 일하다 퇴직하신 최덕희 선생님이 도서관에 오셔서 '캐주얼 잉글리쉬'라는 수업을 진행하기도 했다. 나도 영어 수업에 참석했는데 그때 배운 것은 다 잊었다. 선생님들에게 들은 미국과 캐나다의 문화, 그리고 그분들의 삶의 이야기만 기억에 또렷하게 남아 있다.

우리 동네 중학교에서 국어 선생님으로 퇴직한 이종희 선생님은 도서관에서 자원활동을 하셨다. 덕분에 더는 도서관에 오지 않던 중학생들을 불러 독서교실을 수차례 열 수 있었다. 작가초청 행사를 앞두고 아이들과 함께 동화를 재구성해서 낭독극을 준비했다.

초록길도서관은 다문화도서관이기도 하다. 일본에서 오신 아이스 유미코 님은 초밥 만들기, 독서 모임, 동화쓰기 등의 모임에 참가하다 자연스럽게 도서관 프로그램을 맡아 진행하셨는데, 일본어 수업은 지금까지 성황리에 진행되고 있다.

중국교포 출신 윤성화 선생님은 도서관 초창기부터 프로그램에 참여하다 어느 순간 운영위원이 되고 지금은 도서관의 실세로 관장보다 훨씬 많은 실무와 역할을 맡고 있다. 중국에서 일본으로 유학한 뒤 한국에 정착하고 결혼해 살고 있다 보니 한·중·일 3개 국어는 물론 역사와 인문학에 능통하시다. 나는 이분을 '동북아의 인재'라 부르며 모신다. 오랜 기간 중국어 수업을 진행했는데 현재 성인반, 아동반 합

처서 8개의 학습 모임을 이끌고 있다. 몇 년 전에는 중국어를 배운 도서관 회원들과 중국 칭다오로 여행도 다녀왔다. 일본어를 배운 팀은 올해 일본 여행을 다녀왔다. 학습의 목적이 즐거운 삶인 것 같아 그저 뿌듯하다. 관장인 나에게는 같이 가자는 말이 없어 좀 서운하긴 했지만.

이춘희 교수님은 내가 나가는 동네 친목 모임에 속한 분이다. 간호대에서 학생들을 가르치다 퇴직하셨는데, 오랫동안 그림을 그리신 터라 상당한 실력을 갖추셨다. 동양화, 민화 전문강사 과정까지 이수하셨다. 이런 사실을 알고서 그냥 있을 내가 아니지 않은가? 그리하여 도서관에 사군자 그리기 수업이 열렸다. 나도 참여했는데 생각보다 동양화 그리기가 어려웠다. 먹의 번짐을 조절하기가 쉽지 않았고 난초를 치는 방법을 익히기가 특히 어려웠다.

다들 좀처럼 흥미를 붙이지 못하다가 결국 민화 수업으로 변경했다. 민화는 훨씬 강렬하고 쉽고 재미있었다. 다들 초보 같지 않게 멋진 작품들을 뚝딱 그려냈다. 작호도鵲虎圖, 연화도蓮花島, 일월오봉도日月五峯圖에 초충도草蟲圖까지 우리 전통 그림의 아름다움과 색채에 푹 빠졌다. 작은도서관

연합행사, 초록길 5주년 행사 때는 멋진 전시회를 열기도 했다.

민화 수업의 가장 큰 성과는 수강생 중에 민화작가가 나온 것이다. 김은지 님은 초록길 민화교실에서 처음 민화를 접했는데 원래 디자인을 하신 분이라 실력이 남달랐다. 그렇게 본인 인생 특기를 찾으셨고 전문가 과정까지 밟았다. 그러고는 유명한 민화대전에서 우수상을 수상하여 등단까지 하게 된 것이다. 전시회 때 도서관 회원들이 인사동에 총출동하여 축하했다. 이런 인연이 이어져 김은지 님은 아이들과 방과후 수업으로 민화 수업을 진행했다. 작은도서관인 초록길도서관은 이렇게 마을 사람들의 재능을 끌어내고 확대하는 역할을 해 왔다.

내가 이춘희 선생님께 또 한 가지 고마움을 느끼는 대목이 있다. 그분의 며느리에게 초록길도서관을 소개해 준 것이었다. 초록길에서 회원 확대 홍보부장으로 역할을 톡톡히 하고 있는 하린이, 영린이의 엄마인 고두완 운영위원이다. 시어머니 소개로 도서관에 첫걸음을 하고 주부영어교실에 참여하며 도서관 활동을 시작했다.

어느 날 그분이 내게 이렇게 말을 건넸다. "관장님, 저 미대 나온 여자예요. 애들한테 미술 가르칠 수 있어요. 프로그램 하나 할까요?" 고두완 님은 초록길도서관 최고의 인기 프로그램인 '도예교실'을 이끌고 있다. 성인반, 아동반으로 나눠 운영하는데 아동반은 대기자가 밀려 1년 넘게 기다리기도 한다. 도예교실에 참여하기 위해 도서관 회원으로 가입할 정도로 인기가 많다.

미대 나온 여자 고두완 님은 하린이 친구 엄마인 한윤정 님을 도서관으로 데리고 왔다. 여기가 무슨 다단계도 아니고 수당을 주는 곳도 아닌데 꼬리에 꼬리를 물고 인재 영입이 이루어진다. 알고 보니 한윤정 님도 미대 나온 여자였다. 이리하여 초록길 '창의미술' 수업이 개설되었다. 이분들은 가르치는 데 그치지 않고 적극적으로 도서관 프로그램에 참여하여 동화쓰기, 독서 모임 등에서 자기 성장을 도모하고 있다. 언젠가 직접 그린 그림책도 낼 것 같다.

두 분은 학교 학부모 모임에서 만나 초록길에서 아이를 키우며 운영위원으로 중추적인 역할을 하고 있다. 두 엄마는 미술을 전공했는데 아이들은 음악을 한다. 고두완 님의

창의력과 열정으로 빚는 도예교실

딸 하린, 한윤정 님의 딸 윤지는 초록길 밴드 '그린웨이라이 브러리'에서 기타와 드럼을 맡고 있다. 이 밴드가 형성되는 데 두 엄마가 가장 큰 역할을 했다.

초록길도서관 운영위원은 무급 자원봉사인데, 실력이 전문가 수준이면 고마우면서도 좀 미안하다. 이은영 운영위원은 매번 행사 포스터를 만들고 도서관 소식지와 동화책을 편집하신다. 제값 주고 디자이너에게 맡길 때보다 만족도가 더 높다. 디자인 실력도 뛰어나지만 초록길 사업의 취지와 내용을 잘 이해하고 계시기 때문일 것이다. 그분의 디자인은 도서관 행사를 알리는 데 그치지 않고 활동의 결과물들에 품격을 더한다.

면접을 보고 뽑은 것도 아닌데, 초록길도서관에서 봉사하고 활동하는 분들은 재주가 남다르다. 요즘 신입 운영위원 두 분이 운영위원회에 활력을 불어넣고 있다. 김형주 님은 드물게 자발적으로 도서관을 찾고 동화쓰기 수업에 참여하신 분이다. 아이디어가 많고 추진력이 엄청나다. 작년 송년회 때 사회를 봤는데 산타 복장으로 나타나 빼어난 진행 실력을 보이며 좌중을 압도했다.

신혜연 님은 손재주가 남다르다. 뜨개질로 모든 걸 뜰 수 있다. 봄에는 꽃을 만들어 붙이고, 추석에는 토끼와 보름달을 만들고, 크리스마스에는 눈꽃을 만들어 도서관을 장식한다. 도서관 앞 상자텃밭을 혜연 님이 맡으면서 도서관 앞이 놀랍게 변했다. 죽어 가던 식물에 그분의 손길이 닿으면 생기를 되찾고 꽃을 피운다.

언젠가 도서관 대청소를 하고 구조를 바꾼 적이 있는데 형주 님이 시아버지를 모시고 와서 데스크 수리를 했다. 당근마켓에서 구입한 책장이 승용차에 들어가지 않자 혜연 님은 남편에게 부탁해 직접 수레로 날랐다.

이렇게 초록길도서관은 수많은 이웃의 재능나눔과 자원활동으로 유지되고 있다. 동네 골목길에 자리 잡은 30평 남짓한 작은도서관에서 수많은 만남과 배움이 일어난다. 가르치기만 하는 사람도 없고 배우기만 하는 사람도 없다. 서로 배우고 독려하는 과정을 통해 각자 재능을 발견하고 나누기도 하면서 우리는 오늘도 함께 성장하고 있다.

냉장고의
변신은
무죄

초록길도서관엔 내 키만 한 냉장고가 하나 있다. 음료수나 아이스크림, 요리교실 할 때 식재료를 보관하는 용도로 요긴하게 쓰였다. 그런데 코로나19 상황이 닥치면서 냉장고가 텅 비기 시작했다. 가끔 시골에서 가져온 푸성귀나 과일을 나누려는 회원들이 이용하고, 여름에 얼음물이라도 마시려면 없앨 수는 없는 노릇이었다. 고심 끝에 냉장고에 새로운 쓸모를 찾아 주기로 했다.

공유냉장고로 활용하자는 의견을 운영위원회에 제안했다. 가족이 소비하고 남는 식재료나 반찬이 있으면 이 냉장고를 통해 회원들과 나누자는 뜻이었다. 제안한 취지에는 동의하지만 몇 가지를 우려하는 분들이 있었다. 집에서 못

먹는 것들을 냉장고에 넣어 아무도 가져가지 않은 채 방치되다면 자칫 음식물쓰레기통이 되는 수가 있고, 누군가 책임지고 매일 관리하기도 어렵다는 내용이었다.

우리는 다양한 고민을 나누며 냉장고를 변신시키기 위한 워크숍을 열게 되었다. 강사로 제로웨이스트 작가 나영 님을 초대했다. 먼저 생활 속에서 음식물쓰레기를 줄이고 제로웨이스트를 실천하기 위해 아이디어를 모으는 시간을 가졌다. 그 방법의 하나로 공유냉장고에 대한 구체적인 활용 워크숍을 진행했다. 우리가 정한 공유냉장고 활용계획은 다음과 같았다.

1. 초록길 공유냉장고는 회원제로 운영되며 카톡방을 통해 소통하는 사람만 참가할 수 있다.
2. 나누고자 하는 음식에 반드시 공유기간을 명시한 메모지를 붙인다.
3. 공유기간이 지나도 가져가는 회원이 없을 경우 공유자가 알아서 치운다.
4. 카톡방에 미리 공유식품에 대해 공지한다. 가져가는

사람도 답변과 인사를 남긴다.

5. 냉장고에 들어가지 않는 식재료나 물품을 나누고자 할 땐 카톡방에서 소통 후 직접 전달한다.

6. 도서관 이용자와 독서환경에 피해를 주지 않도록 냉장고 밖으로 음식이나 식재료가 나오지 않도록 주의한다.

규칙을 정한 후 본격적으로 냉장고를 변신시키기 시작했다. 묵은 때를 벗기고 새롭게 도색하기 위해 젯소를 발라 밑작업을 했다. 나는 나영 작가님께 귀여운 채소들을 그려 달라고 했다. 미대 나온 여자 고두완, 단순미를 추구하는 디자이너 이은영 운영위원이 나더러 얼른 집에 가라고 했다.

다음 날 도서관에 와 보니 몬드리안의 작품 같은 냉장고가 떡 하니 자리 잡고 있는 게 아닌가! 노란색, 빨간색 페인트를 보고 집으로 간 터라 근심이 컸는데, 역시 재주 많고 감각이 뛰어난 운영위원들이다. 이은영 님이 이용 방법을 적은 멋진 안내문을 만들어 붙였다. 도서관 구석에서 출입문 옆으로 옮겨 존재감을 드러내며 신분이 상승한 냉장고는 위풍당당한 모습이었다.

도서관 회원에게 단체 문자를 보내 회원을 모집했다. 15명의 회원이 모여서 공유냉장고의 첫 문을 열었다. 우리 집 냉장고를 먼저 뒤졌다. 유기농 농사를 짓는 친구가 보내 준 잡곡을 몇 봉지 나누어 담았다. 아들이 군대 가고 가족이 각자 생활이 바빠 집에서 밥 먹는 횟수가 적다 보니 쌀이나 잡곡이 좀처럼 줄어들지 않았다. 잡곡을 나눈다고 카톡방에 올렸더니 경쟁이 치열했다. 선착순으로 댓글을 단 사람들과 나눌 수 있었다. 가벼워진 집 냉장고처럼 내 마음도 가벼워졌다.

시댁이 전라도 섬마을 소안도인 권성화 언니네 김장은 맛이 특별하다. 시아버지가 잡은 생선으로 젓갈을 담그고 시어머니가 농사지은 배추, 무, 고추로 김치를 담그는데, 섬에서는 소금물을 따로 만들 필요 없이 바닷물로 배추를 절인다고 한다. 성화 언니는 공유냉장고 오픈 기념으로 시댁에서 올라온 김장김치 여러 포기를 쾌척했다.

제주도가 고향인 이은영 님은 고사리를 한 아름 나누었다. 나는 값비싼 제주 고사리를 거저 챙기는 행운을 누렸다.

음식물쓰레기를 줄이고
지구를 살리는 공유냉장고

고양시에서 텃밭농사를 꽤 지으시는 이종희 선생님이 공유 냉장고 회원으로 들어온 건 크나큰 복이었다. 부추, 미나리, 상추 같은 푸성귀가 철마다 냉장고를 가득 채웠다.

농사짓거나 농사짓는 부모님이 없는 회원들도 나눔에 동참했다. 반찬을 내놓기도 하고 귤이나 과자 같은 것도 나누었다. 명절 때 받은 선물 세트, 냉장고에 들어가지 않는 생활용품, 공연 티켓 같은 것도 나누었다. 와인이 공유 품목으로 올라왔을 땐 경쟁이 뜨거웠다.

내가 어렸을 적에 집에서 제사를 모시고 나면 할머니와 엄마가 이웃들과 제사음식을 나누시던 기억이 있다. 지금은 아파트 옆집에 누가 사는지도 모르는 세상이다. 작은도서관에 자리 잡은 작은 냉장고가 삭막한 세상에서 우리의 관계를 연결해 주고 있다. 음식을 함께 나누는 데서 공동체가 시작된다고 나는 믿는다. 음식물쓰레기를 줄여 지구에 미안한 마음을 조금은 덜게 된 것은 덤으로 얻은 기쁨이다.

그동안 김치를 얻어먹기만 하다가 최근 열무김치를 만들었는데 맛있다고 다들 칭찬해 주었다. 올겨울엔 김장에 도전해 보려고 한다. 친정엄마의 김장 포기 선언으로 어쩔 수

없이 내몰린 상황이긴 하지만, 일단 성공하면 공유냉장고에
넣어 두고 동네방네 자랑할 것이다.

초록길
어린이 대통령
뽑기

2017년 12월 20일은 제19대 대통령 선거일이었다. 그해 다이어리와 달력에 찍혀 있던 빨간 글씨 주요 일정이 한순간에 사라지는 일이 발생했다. 대한민국 헌정사상 유례가 없는 대통령 탄핵이라는 초유의 사태로 이듬해 5월에 대통령 선거를 치르게 된 것이다. 대통령의 국정농단에 맞서 광장에서 촛불을 켜고 추운 겨울을 보낸 숱한 시민의 힘으로 우리는 새봄에 새로운 대통령을 뽑을 수 있었다. 바야흐로 민주주의가 무르익는 시절이었다.

예기치 않은 사건으로 초록길도서관 송년회 날짜가 12월 20일로 잡혔다. "대통령 선거일이니까 초록길 어린이 대통령을 뽑자." 고길희가 제안하자 아이들이 바로 호응했다.

"내가 출마할 거야", " 누굴 뽑지?" 도서관이 술렁이기 시작했다.

아이들은 방과후 미술 시간에 선생님과 함께 각자 자기 얼굴을 그리고 공약을 적은 선거 포스터를 만들어 붙였다. 최종 출마한 어린이는 6명이었다. 후보가 선정되었으니 투표권을 누구에게 줄 것인가가 관건이었다. "초록길 대표를 뽑는 거니까 우리 어른들도 투표할 거야!" 도서관에서 활동하는 어른들도 투표권을 달라고 요구했다. 자녀가 후보로 출마한 유권자도 있던 터라 공정선거 시비가 있을 수 있었지만, 우리는 초록길도서관 민주시민의 역량을 믿기로 했다. 송년회 당일에 참석하는 모두에게 투표권을 주기로 했다.

드디어 초록길어린이대통령 선거일. 격식을 갖춰야 할 것 같아 투표용지를 만들고 초록길도서관 관인도 찍었다. 1부 행사로 장기자랑 대회가 열렸다. 우쿨렐레 연주, 리코더 연주, 쌍절곤 시범, 댄스공연, 마술쇼에 몸개그까지 이어지며 분위기가 확 달아올랐다.

이후 본격적으로 2부 행사인 선거가 시작되었다. 투표에 앞서 공약 발표와 질의응답 시간을 가졌다. 금권선거를 해도 된다는 말에 대통령이 되면 소시지를 사 주겠다는 공약을 내세운 명주는 소시지부터 돌렸다. 6명의 후보자가 직접 그린 포스터를 들고 공약을 설명한 뒤 질문을 받았다. 어른, 아이 할 것 없이 후보자에게 날카로운 질문을 던졌다.

초록길에 오는 아이들에게 핸드폰 이용을 금지하겠다는 공약을 내세운 은채에게는 "언니 친구 예지 언니가 맨날 핸드폰 보는데 어떻게 말리시겠어요?" 하는 질문이 나왔다. 아이들이 싸우지 않게 하겠다는 지영이의 공약에 대해서는 어떻게 싸우지 않게 할 수 있는지 방법을 물었고, 말려도 계속 싸우면 어떻게 할 건지도 물었다. 리코더 모임을 만들겠다는 공약을 내건 아영이에겐 누가 리코더를 가르칠 건지 물었다.

후보가 당황할 때까지 질문한다는 규칙을 정했는데 아영이에게 동생 현지영이 "언제 당황하실 건데요?" 하고 물어 언니의 말문을 막기도 했다. 치열한 후보 검증 과정이 끝나고 표결에 들어갔다. 동생들의 절대적 지지를 받고 있던 4학년 예지가 유력 후보였다. 누구도 예지의 당선을 의심하지 않았다. 그런데 이변이 일어났다. 도서관 물품 정리정돈

기호1
이 은 주에

① 흐르는 걸음니다.
② 항상 애들이 즐거움이 되겠습니다
③ 항상 애들이 하려면 소리서 나고 도로 불겠습
니다

2 기호 2번

들어가요

① 다툼이 일어나지 않도록 우로 하
겠습니다
② 리플더 모여, 깔끔하게 만들겠습
니다
③ 흐르워나 청결하도 도로 하겠습
니다

기호
이 아
정

공약
① 저가 대통령이 된다면 초록걸음 깨 끗하
고군하겠습니다.
② 항상 아이들이 섞우지 않게 하겠습니다
③ 초록길 아이들이 한상 웃게 하려습니다
④ 춘길 아이들이 원하는 걸 도겠습니다

※ 뽑아주세요~!

기호 ④

시기 공약 제가 올길 홀이 된다면 초록길
를 깨끗한 초록걸로 만들 거야
완약 올아 오 이게도 뽑습니다 허떻
주

기호5
장채아

공약 거가 회장 대통령이 된다면 친구을 생겨
지내는 초록길로 만들고 평화로운 초록길로
만들겠습니다 뽑아주세요~

기호
저영주~

최:민주

공약 1 폭력에 다투어있을이겠어

2 청소를 사라해서

3 다른사람들도와 재밌게

과 청소를 잘하는 2학년 민중이가 어른들의 몰표를 받은 것
이다. 결과는 예지와 공동 1위였다.

공동으로 대통령을 할지 결선투표를 할지 정해야 했다.
결선투표를 해야 한다는 요청에 따라 다시 투표를 했다. 놀
랍게도 민중이가 이겼다. 정치는 생물이란 말처럼 한 치 앞
을 알 수 없었다. 예지는 결과에 깨끗이 승복하고 부통령이
되어 대통령을 돕기로 했다. 나머지 낙선자들에게 물었다.

"떨어진 후보자들은 장관 할래?"

"됐어요. 그냥 시민 할래요!"

경쟁은 치열했지만 모두 결과에 승복하고 훈훈한 분위기
속에서 초록길 대통령 선거가 끝났다.

민중이는 1학년 때 혼자서 초록길도서관을 찾아온 아이
다. 대부분의 아이는 방에서 놀며 한껏 어지른 후 돌아갈 때
정리를 하는데, 민중이는 같이 놀지 않았어도 뒷정리에 참
여했다. 어떤 날은 연필, 색연필, 사인펜이 뒤섞인 통을 가
져와 연필은 연필대로 색연필은 색연필대로 정리하기도 했
다. 초록길이 너무 좋다며 문을 닫을 때까지 남아 있다 가
곤 했다. 이렇게 성실하고 착한 성품 때문에 어른들의 강력

축제처럼 즐긴 초록길어린이대통령 선거

한 지지를 받으며 초록길의 어린이대통령으로 뽑힐 수 있었다.

그런데 대통령이 되고 나서 민중이는 더 힘들어졌다. 원래 하던 학용품 정리만이 아니라 도서관 청소까지 맡아 솔선수범하는 모습을 보니 어떨 땐 애처로워 보이기도 했다. 민중이는 낙선한 후보자의 공약까지도 실현하고 있었다. 리코더 소모임을 만들겠다던 아영이 대신 직접 소모임을 만들었다. 화요일마다 리코더를 가지고 모여 함께 연습했는데 대통령 민중이와 부통령 예지가 피아노학원에서 미리 배운 내용을 다른 아이들에게 가르쳤다.

이런 모습을 보니 아이들이 뉴스를 볼까 봐 두렵고 기성세대로서 아이들에게 부끄러웠다. 정치인들은 서로를 공격하며 '초딩보다 못하다'는 표현을 자주 쓰는데, 나는 차라리 초등학생에게 정치를 맡기는 편이 그들보다 훨씬 나을 것이라고 확신한다.

아이들은 선거를 축제처럼 즐기며 치열하고 당당하게 경쟁했다. 당선된 사람은 낙선한 사람의 좋은 공약까지 실천했고, 낙선한 사람은 결과에 깨끗하게 승복하고 당선자를 도왔다. 이에 반해 현실 정치판은 어떤가. 상대방을 죽여야 살아남는다. 1등만 살아남는 경쟁교육에서 성공한 이들이 정치인이 되어 나라를 망치고 있지 않은가.

어린이의 마음으로 돌아가서 민주주의를 다시 배웠으면 좋겠다. 선거권·피선거권 연령을 낮추는 것이 더 좋은 세상을 만드는 지름길이다. 어린이와 청소년에게 투표권을 주어 그들의 미래를 스스로 결정할 수 있게 하면 좋겠다.

상상 초월
초록길도서관
송년회

역사와 전통을 자랑하는 초록길도서관 송년회는 늘 즐겁고 유쾌했다. 송년회를 치르며 한 해를 행복하게 마무리했다. 코로나19가 엄습한 3년을 제외하고 해마다 송년회를 마을 잔치처럼 열었는데, 다른 프로그램에 비해 가장 힘이 적게 들면서도 가장 기다려지는 시간이었다.

해마다 송년회 콘셉트가 조금씩 달랐지만 한두 명에게 책임이 몰리지 않도록 같이 준비하고 모두가 함께 즐기는 것이 원칙이었다. 각자 조금씩 음식을 준비해 오는 포트럭 파티가 기본이다. 샌드위치, 샐러드, 떡볶이를 만들어 오고, 여력이 안 되면 과일이나 음료를 사 온다. 누가 뭘 할지 정하지 않아도 항상 푸짐하고 맛있는 음식이 준비되어 여느

함께 준비해 더 풍성하고 즐거운 송년회

뷔페 부럽지 않게 즐길 수 있었다.

어른들이 주로 음식을 준비한다면 아이들은 공연이나 장기자랑을 준비한다. 악기를 연주하고, 춤을 추고, 노래하고, 마술도 하며 마음껏 재주를 자랑한다. 동화책 출간기념 파티를 겸하거나, 초록길어린이대통령 선거를 치르기도 하고, 심지어 결혼식까지 한 적도 있다.

2018년 송년회는 고길희의 결혼식을 겸해 진행되었다. 고길희는 한 해 전에 멋진 짝을 만나 멀리 목포에서 결혼식을 올렸다. 너무 멀어서 초록길 친구들이 참석하지 못했다. 모두 아쉬워하던 차에 1주년 리마인드 웨딩으로 축하해 주자고 마음이 모였다.

결혼식 며칠 전부터 재주 많은 운영위원들이 종이로 꽃을 만들고 레이스 천을 천장에 드리우고 하트를 주렁주렁 달아 파티장 아니 결혼식장 분위기로 도서관을 한껏 꾸몄다. 아이들은 청첩장 같은 초대장을 만들어 도서관 여기저기 붙여 놓았다.

당시 일곱 살이던 지영이와 시우가 특별히 공수해 온 드레스와 턱시도를 입고 화동으로 입장하며 분위기를 띄웠다. 시우가 신랑·신부를 소개하자 드디어 신랑 고길희와 신부 고래 아가씨가 박수갈채를 받으며 입장했다. 주례는 베레모를 쓴 백미숙 작가님이 맡았다.

아이들의 축하공연이 이어졌다. "화창한 봄날에~ 고길희 아저씨가 가랑잎 타고 태평양 건너갈 적에~ 고래 아가씨 고길희 아저씨보고 첫눈에 반해 스리살짝 윙크했대요~ (…) 예식장은 초록길도서관, 주례는 동화작가님~ (…)" 〈코끼리 아저씨〉라는 동요를 개사해서 불렀는데, 이 노래 때문에 고길희의 신부는 '고래 아가씨'라는 별명을 얻게 됐다.

1학년 때부터 고길희와 함께 놀았던 예지는 감사의 편지를 읽었다. 서진이 엄마 순희 님이 엄마들을 대표해 인사하며 축하해 주었다. 현아영, 장지영 두 친구는 학교 방과후 교실에서 갈고닦은 솜씨로 마술을 선보였는데, 마지막에 '뿅' 하고 나타난 장미꽃을 신부에게 전달하는 센스를 보였다. 중국어 공부를 하는 아이들은 중국어 버전으로 〈아기상어〉 노래를 불렀다. 그린웨이 밴드의 수준 높은 연주와 멋진 댄스공연까지 모든 아이들이 각자의 재능을 보여 주며 고길희에게 감사와 축하의 마음을 담뿍 보냈다. 어릴 적부

송년회에서 열린 코끼리 아저씨와 고래 아가씨의 결혼식

터 같이 놀던 친구를 멀리 떠나보내는 우정의 무대 같은 분위기였다.

고길희는 아이들과 추억이 담긴 영상을 준비해 나누었다. 드레스를 입은 꼬마 지영이는 고길희가 이제 안 오는 거냐며 엄마 품에서 울었다. 그렇게 그해의 송년회는 리마인드 결혼식이자 정든 친구를 떠나보내는 이별식이 되었다.

코로나 상황으로 중단되었던 송년회가 작년 연말 3년 만에 열렸다. 이전에는 방역 조치에 따라 줌으로 강의를 하고 마스크를 쓰고 소규모 모임을 하면서도 송년회처럼 많은 사람이 모이는 행사는 엄두를 내지 못했다. 오랜만에 열린 송년회는 그동안 꾹꾹 눌러 놓은 에너지가 대폭발하는 날이었다. 우리는 랜선으로만 연결될 수 없다는 걸, 얼굴과 얼굴을 마주하며 온기를 나눠야 행복할 수 있다는 걸, 새삼 느끼는 시간이었다.

코로나가 휩쓴 몇 년 사이 어린이밴드 '그린웨이'는 청소년밴드 '그린웨이라이브러리'로 성장해 은평 지역 여기저기로 순회공연을 다니고 있다. 조그만 손으로 어릴 때부터 기타를 잡은 하린이는 여느 연주자 못지않게 멋지게 성장했고, 기타가 더는 크게 느껴지지 않는다. 5년 전인가 북페스티벌 첫 공연을 앞두고 있을 때 내일이 오지 않았으면 좋겠다고 마음 졸이던 윤지의 모습을 봤는데, 이제는 여유가 넘치는 멋진 드러머가 되어 있다. 요리사가 꿈이던 시현이는 국악인의 길을 걷고 있다. 엄마와 함께 동네에서 해금을 배우다 재능을 발견하고 해금 특기생이 되어 국악중학교에 입학했다. 송년회 때 수준 높은 해금 연주로 큰 박수를 받았다. 장기자랑에 참여한 아이들도 끼를 마음껏 펼치며 한바탕 신나는 무대를 만들었다. 영진이와 영린이는 준비한 마술이 실패하자 몸개그로 급전환하여 큰 웃음을 안겼다.

참여한 아이들의 솜씨가 보통이 아니어서 우열을 가리기가 힘들었다. 어차피 상은 모두가 받게 되어 있지만…. 그런데 송년회에서 모두에게 가장 큰 감동을 준 이는 공연자가 아니라 공연에 호응하는 어린이들이었다. 연주에 맞춰 박수 치고 춤추고 환호하며 누가 공연을 하는지 모를 지경으로 하나가 된 모습이었다.

"우리는 누가 잘하고 못하고 경쟁하는 관계가 아니야. 너희가 무엇을 하든 우리는 박수 칠 수 있어. 우리는 서로를 지지하는 친구이고 이웃이니까, 그렇게 우리 모두가 함께 행복해지는 방법을 찾는 거야." 친구들의 환호성이 나에게는 이렇게 들렸다.

코로나가 아니라
우울증으로
죽겠어요

코로나19 팬데믹 상황이 이토록 오래갈 줄 몰랐다. 신종 바이러스 소식을 뉴스로 접했을 때는 메르스나 사스처럼 곧 끝나겠지 하는 막연한 생각과 국가와 문명에 대한 기본적인 신뢰가 있었던 것 같다. 그런데 우리는, 아니 모든 세계인이 한 번도 살아 보지 못한 시대를 경험하게 됐다.

과학자와 환경운동가 들이 오래전부터 경고한 미래가 불현듯 현실이 되어 우리의 삶을 총체적으로 위협했다. 막연한 우려가 구체적 공포의 시간으로 엄습한 것이다. 3년의 시간이 흘러 팬데믹 상황은 사실상 종료되었다. 하지만 환경운동가와 과학자 들은 머지않아 또 다른 감염병이 나타날 것이라고 예측한다. 코로나는 실로 많은 것을 바꾸었고 많은 과제를 남겼다.

사람과 사람이 만나는 공간으로 존재 의미가 있는 작은 도서관이 대감염병의 시대를 통과하고 살아남았다. 초록길 도서관처럼 임대료를 회원들이 스스로 책임지는 곳은 도무지 견디기 어려운 시기였다. 코로나가 유행하는 동안 공공 도서관에 이어 작은도서관도 행정명령에 따라 휴관해야 했다. 함께 모이는 프로그램을 진행하기 어려웠고, 방역지침에 따라 책상에 앉아 책을 보는 행위마저 금지되거나 거리를 두어야 했다. 매달 임대료를 내야 하는 처지에서 이런 상황이 오래간다면 폐관을 생각할 수밖에 없는 급박한 상황이었다.

나는 초록길 운영위원들에게 조심스럽게 물어보았다. 코로나로 휴관과 부분 개관을 반복하고 있고 프로그램이 줄어 운영마저 어려운데, 작은도서관을 지속할 필요성을 느끼는지 말이다. 코로나19 감염에 대한 불안감으로 이용자들이 도서관을 기피하지는 않는지도 물었다. 돌아온 대답은 한결같이 "작은도서관이 없어지면 큰일 난다!"였다.

"코로나 때문에 온라인 수업으로 전환되고 하루에 책을

두 권씩 읽으라고 과제를 내주는데, 책을 빌릴 곳이 없어요. 구립도서관은 작은도서관보다 먼저 휴관을 했거든요."

"구립도서관이 대출 서비스를 재개했지만, 원하는 책을 빌리기가 정말 힘들어요. 오래 대기해야 하거든요. 구립도서관이 먼저 휴관하고 초록길만 문을 열었을 때 수요가 엄청났어요!"

"온라인 자기주도학습은 결국 학부모, 특히 엄마주도형학습이에요. 교육, 육아 스트레스가 심해질수록 이를 해소할 수 있고 자기 성장을 꾀할 수 있는 작은도서관이 절실해요!"

"작은도서관은 덜 위험하죠. 혹시 확진자가 나온다 해도 아주 빠르게 역학조사도 가능하고요."

코로나19로 인한 우울감을 뜻하는 '코로나 블루corona blue'가 자살 증가로 이어지지 않도록 정부가 심리 방역에 나선다는 기사를 봤다. 자살자가 많이 찾는 한강다리에 동작 감지기를 설치하고 일산화탄소 같은 유해가스를 적게 배출하는 번개탄 보급을 추진하고, 고층건물의 옥상을 통제하는 등, 선제적 자살 예방 조치를 취한다고 했다. 불필요한 일은 아니겠으나 당황스러웠다. 효과가 얼마나 있을지 잘 모르겠다. 코로나 3년간 사망자 수와 자살자 수가 최근 발표되었는데, 자살자 수가 더 많단다. 역병보다 무서운 것이 고립과 단절인 것이다.

기후위기와 생태계 파괴로 인한 대감염병은 기저질환이 있는 건강약자만이 아니라 사회적 약자에게도 혹독하다. 농민, 영세자영업자, 비정규노동자, 프리랜서, 장애인 같은 사회경제적 취약계층에게 기후위기, 대감염의 시대는 재앙과도 같았다. 덧붙여 이야기하고 싶은 약자들은 아동과 청소년, 그리고 학부모 중에서도 특히 엄마라는 이름의 여성들이다.

엄마들의 대답은 단호했다.

"코로나 걸리기 전에 우울증으로 죽겠어요!"

학교가 배움의 전부이던 아이들은 학교가 문 닫으면 어떻게 공부해야 하나? 학교에 밥 먹으러 가는 아이들은 어디서 점심을 먹을 수 있나? 학교에 친구를 만나러 가는 아이들은 어디서 놀아야 하나? 코로나 시기에 엄마들, 특히 일하는 엄마들은 팬데믹보다 더 무서운 육아 스트레스에 시달려야 했다.

미래가 불투명하고 세상이 힘들수록 지탱할 수 있는 힘은 공동체를 통해 나온다. 공동체는 일상적 관계를 바탕으로 서로 돕는 촘촘한 네트워크이기 때문이다. 돌봄의 관계망은 바이러스가 퍼지는 통로가 아니라 오히려 바이러스를 억제하는 백신으로서 큰 역할을 한다고 생각한다.

언론에서 코로나 사망 소식과 엄중한 방역을 연이어 이야기할 때는 지하철이나 버스 타기가 두려웠다. 마스크를 쓰고 버스에 탄 사람들은 동료 시민이 아니라 서로에게 바이러스를 옮길 수 있는 감염원일 뿐이다. 하지만 일상의 관계로 엮인 사람들은 어떠한가?

초록길도서관 단체 카톡방에 한 운영위원이 확진 소식을 알려 왔다. 처음으로 확진자가 발생한 것이다. 마스크를 썼다고는 하나 독서 모임에 참여했기에 접촉한 모든 회원이 본인의 가족과 접촉한 사람들에게 이 사실을 알려서 격리하도록 했다. 버스를 타야 하거나 식당 등에서 감염이 되었다면 누가 누구인지를 알 수 없지만, 초록길 이용자를 대상으로 한 대응은 신속하고 확실했다. 이처럼 이웃과 엮인 촘촘한 관계망은 바이러스의 익명성을 제거하여 위험이 더 커지는 상황을 막아낼 수 있게 한다.

또 확진되거나 확진자와 접촉하여 격리되는 경우 몸의 통증만이 아니라 심리적 고립감을 견뎌야 하는데, 이때도 공동체의 힘이 작동한다. 일단 사회관계망서비스SNS를 통해 건강의 안부를 묻는다. 먼저 경험한 사람들의 이야기가 유익한 정보가 되기도 하고 큰 힘이 되기도 한다. 나는 코로나 3차 대유행기에 코로나에 걸렸는데 이웃들이 집 앞에 반찬을 놓고 가고 약을 사서 문에 걸어 주어 큰 도움이 되었다. 때론 도라지 배즙 같은 건강식품이 배달되기도 했다. 돌봄의 관계망 속에서 회복한 후에 누가 코로나에 걸려 혼자 있다는 소식이 들리면 음식을 해 주거나 배달시켜 주곤 했다.

작은도서관이 코로나 같은 상황에서 공동체의 구심점 역할을 하는 것 외에 또 다른 유용성이 있다. 말 그대로 '작은' 도서관이라는 점이다. 실제로 작은도서관의 휴관 조치는 대규모 공공도서관보다 늦게 시행되었다. 많은 인원이 모이는 곳에서 집단감염이 발생하는 경우 피해가 크고 경로를 추적하기가 어렵지만, 작은도서관은 상대적으로 대응하기가 쉽다. 앞으로는 코로나와 같은 상황이 아니더라도 대규모 강좌 같은 학습 방식은 지양하는 편이 좋다고 본다. 소규모 모임을 활성화하고 협동하고 주체적으로 학습할 수 있도록 대체하는 편이 좋겠다. 소규모 커뮤니티를 활성화하고 자율적이고 능동적인 학습이 가능한 곳이 바로 작은도서관이다.

우리는 코로나를 겪으면서 혼자서는 살 수 없다는 사실을 깨달았다. 사회경제적인 측면만이 아니라 보건위생학적으로도 그렇다. 이 사회에서 살아가는 한 우리는 혼자서만 건강하게 살아갈 수 없다. 세상은 고립된 채 살아가기가 점점 더 힘들어지고 있다. 암담한 정치는 기후위기 시대에 대안을 내놓기는커녕 불안을 조장하고 있다. 앞으로 어떤 기후재난이 닥칠지 모르고 어떤 감염병이 생겨날지 모른다는 불안감도 여전하다. 알 수 없는 미래는 불안으로 엄습하고, 무지는 공포심을 만들어 낸다. 우리는 미래가 보이지 않을수록 더 단단하고 촘촘하게 공동체를 만들어야 한다. 작은도서관의 존재 이유가 더 분명해지지 않는가?

아기 때부터 초록길도서관에서 자라다시피 한 1학년 영린이는 코로나 상황이 엄중한 시절에도 제집처럼 초록길을

착석금지라고요? 저는 누웠는걸요.

드나들었다. 방역조치에 의해 도서 대출만 가능하고 앉아서 책을 읽을 수 없을 때였다. '착석금지'라는 안내문이 책상에 붙은 것을 본 영린이는 아주 편하게 책상 위에 누워서 만화책을 보았다.

광화문에
나부낀
초록길 깃발

2022년 9월 24일, 수많은 시민이 마스크를 쓴 채로 서울시청과 광화문 일대에 모여 "기후재난, 이대로 살 수 없다!"는 구호를 외쳤다. 방역조치가 느슨해지긴 했지만 코로나가 종료되기 전이었다. 이날 펼쳐진 행진은 2019년 이후 3년 만에 진행된 대규모 기후행동이었다. 노동자, 농민, 장애인은 물론 환경단체와 종교계 등 각계에서 조직된 400개가 넘는 단체가 추진단으로 참여하고 전국에서 3만 5천여 명의 시민이 서울 시내 한가운데 모였다.

수백 개의 깃발이 거리를 뒤덮었고 박스종이로 만든 손피켓을 든 사람들이 기후정의를 외쳤다. 그 가운데 초록길도서관 깃발이 나부끼고 있었다. 깃대가 길지 않아 깃발이 잘 드러나지 않자 기수를 맡은 아이들이 팔을 드높이 뻗어 깃발을 힘껏 흔들었다.

초록길도서관을 시작할 때부터 환경 관련 의제가 교육프로그램으로 늘 등장했다. 아이들의 생태감수성을 높이기 위해 주말농장 농사를 하고 상자텃밭을 가꾸고 상암동에 있는 에너지드림센터에도 자주 가는 등 환경교육에 여러모로 신경을 썼다. 그렇게 10년이란 세월이 흐르니 아이들과 같이 기후집회에 참여하는 상황에 이르렀다. 운영위원들과 학부모들의 높아진 시민의식이 만들어 낸 결과라고 본다. 그렇지만 가장 중요한 이유는 이 정도로 짧은 기간에 환경 문제가 심각한 지경에 이르러 모두가 체감하게 되었다는 사실이 아닐까?

10년 전 후쿠시마 핵발전소 사고로 핵발전에 대한 경각심이 높아졌다. 지구온난화 문제는 여전히 심각한 사회문제였다. 당시에는 '기후변화'라는 말을 많이 사용했는데, 불과 10년 사이에 '기후위기', '기후재난'이라는 말로 대체되었다. 우리는 예측할 수 없는 날씨, 극한의 폭염과 한파, 꺼질 줄 모르는 대형산불, 순식간에 도로와 아파트주차장을 덮친

홍수, 강남 한복판에서 폭우에 사람이 죽어 나가는 상황을 지켜봐야 했다. 이제 기후 문제는 빙하가 녹아 서식지를 잃은 북극곰만의 문제가 아닌 것이다.

코로나로 3년간 마스크를 쓰고 생활해야 했던 것도 기후변화로 생태계가 파괴되었기 때문에 나타난 현상이다. 기후위기는 먼 나라의 이야기가 아니라 이제 나와 내 가족의 생존의 문제가 됐다. 우리가 도서관 어린이들까지 동원(?)해서 집회에 참여한 이유다. 어린이들을 집회로 내몬 것은 사상이 불온한 관장이나 부모가 아니다. 기후재난 상황에 대응하기는커녕 기후위기를 가속화하는 정치인들과 이윤만 추구하는 기업들이 주범이다.

기후재난에 항의하기 위해 모인 집회의 이름은 '기후정의행진'이다. 왜 주최 측은 기후 문제를 정의의 문제로 연결했을까? '924 기후정의행진 선언문'은 "화석연료와 생명파괴체제를 종식해야 한다", "모든 불평등을 끝장낸다", "기후위기 최일선 당사자의 목소리는 더 커져야 한다"는 것을 명시하고 있다. 즉 불평등으로 인해 재난에 더 취약한 이들이 가장 큰 피해자임을 밝히고 이들의 생존권을 지키자는 것이다. 기상이변으로 가장 먼저 피해를 보는 농부는 식량안보와 환경을 살리자고 목소리를 높였다. 노동자들은 정의로운 전환을 주장했다. 장애인은 안전을 이유로 장애인을 가두려는 정책에 항의하며 인권예산을 주장했다. 다양한 참여자 가운데 누구보다 인상 깊었던 존재는 청소년기후행동의 대표였다. 기후위기의 가장 큰 피해자는 어린이와 청소년이다. 기성세대가 망쳐 놓은 지구에서 오래 살아가야 할 이들이 가장 큰 피해자인 셈이다. 그런 그들은 묻고 있다.

"우리에게 내일은 있는가?"

세계적인 기후행동 대응에 불을 댕긴 이는 스웨덴의 15살 청소년 그레타 툰베리였다. 툰베리는 금요일마다 학교에 가지 않고 혼자서 시위를 하며 기성세대에게 기후위기에 대한 대책을 마련하고 아이들이 살아가야 할 세상을 위해 책임 있는 행동을 요구했다. 이 소녀는 전 세계적으로 청소년들의 행동을 이끌어 내어 노벨상 후보로 거론되기도 했다.

어린이들과 기후행진에 참여하기 위해 초록길 운영위원들은 일찌감치 준비회의를 하고 교육하는 시간을 마련했다. 허남선 운영위원이 '이건 쓰레기가 아니야!'라는 주제로 여러 차례에 걸쳐 환경 문제의 심각성을 일깨우고 재활용쓰레기를 분리배출하는 방법을 꼼꼼하게 알려 주었다. 재활용품을 가져와서 분리배출을 직접 해 보게 하고 OX퀴즈를 맞히는 방식으로 재미있게 진행했다. 인근 제로웨이스트 상점을 방문하기도 했다.

이렇게 함께 공부한 이후 초록길도서관의 쓰레기통이 바뀌었다. 초록길의 쓰레기통은 총 7개다. 각각의 분리배출함에는 이런 스티커가 붙어 있다. 일반쓰레기, 잘 헹군 캔, 잘 헹군 유리, 종이, 깨끗한 플라스틱, 깨끗한 비닐, 우유팩·멸균팩. 이렇게 정돈된 배출함에 헹구지 않은 더러운 비닐이나 유리병을 어떻게 넣을 수 있겠나?

분리배출을 잘하고 텀블러를 쓰는 행동만으로 기후위기를 막을 수 있는 것은 아니다. 시민에게는 일회용품을 쓰지 말라고 하면서 플라스틱과 비닐 포장재를 마구잡이로 찍어내는 기업과 산업을 규제하지 않는 정부와 정치권에 분노하는 이유다. 변하지 않는 이들이 있는 한 우리의 실천을 멈출수 없다.

기후행진을 앞두고 초록길 아이들은 종이박스를 펼치고

잘라서 손피켓을 만들었다. 나는 도서관 깃발을 만들자고
했다. 현수막 맞추는 곳에 하나 주문할 생각이었다. 그때 강
직한 운영위원들이 반대했다. 피켓도 종이박스를 재활용하
는데 깃발을 그렇게 만들 수 없다는 것이다. 그렇지만 깃발
을 어떻게 직접 만든단 말인가? 80년대 운동권도 아니고….

도서관 옆에 사는 유미코 님이 블라우스 원단이 있다며
집에서 가져왔다. 가볍고 바람에 잘 나부낄 것 같아 깃발로
딱이었다. 재봉을 할 줄 아는 성화 언니가 원단을 잘라서 박
음질을 해 왔다. 이어서 솜씨 좋은 이은영, 김형주 두 운영
위원이 원단에 종이테이프로 로고와 글씨를 붙여 '초록길도
서관' 깃발을 완성했다. 우리는 이 창의적이고 독특하면서
도 가치를 담은 멋진 깃발을 들고 뿌듯한 마음으로 광화문
으로 향했다.

어린이들이 더욱 많이 기후행동에 동참하면 좋겠다는 나
의 바람을 초록길 아이들이 이루어 주었다. 초록길도서관
깃발 아래 한목소리를 내며 행진하는 경험은 감동 그 자체
였다. 도서관에서 만난 장난꾸러기들이 어엿한 동료 시민
으로 함께 했다. 우리가 살아가야 할 지구를 지키기 위해 나

아이들의 미래를 빼앗지 말라!

선 장엄하고 아름다운 시간이었다.

'죽은 듯이 눕는다'는 뜻을 지닌 '다이-인Die-In' 퍼포먼스 시간이 되었을 때 사이렌이 울리자 모든 참가자가 광화문대로 아스팔트 위에 드러누웠다. 우리 모두 죽을 수도 있다는 위기 상황을 경고하기 위해서였다. 그렇게 누워서 바라본 하늘은 눈부시게 푸르고 아름다웠다.

지구의 시간을 되돌리기엔 이미 늦었다는 연구자들도 있고, 재앙을 막을 기회가 아직은 있다고 하는 연구자들도 있다. 나는 아이들과 아스팔트 위에 누워 다짐했다.

'이 푸른 하늘을 반드시 지켜내야 한다. 우리 힘으로 지킬 수 없다 하더라도 아이들의 미래를 빼앗는 죄는 짓지 말자.'

작은도서관을
지속하는
힘

드디어 올 것이 오고야 말았다. 도서관 임대인에게서 월세가 들어오지 않았다는 전화가 왔다. 임대차 계약서를 쓴 지 11년 9개월 만에 벌어진 일이다. 그동안 후원금과 회비로 잘 버텨 왔는데 임대료가 잔액 부족으로 빠지지 않은 건 처음 있는 일이다. 코로나 때도 잘 넘겼는데, 이제 한계에 봉착한 것인가?

아슬아슬한 통장 잔액으로 임대료와 전기요금을 내며 버텨 온 지 수년째. 신규 후원인은 늘지 않는 반면 오래된 후원인은 하나둘 줄어들었다. 충분히 이해할 수 있는 상황이다. 우리보다 절실하고 힘든 단체가 얼마나 많은가? 그럼에도 초록길을 후원해 준 마음이 고마울 따름이다.

도서관을 만들 때 5년은 해 보자고 생각했다. 5주년이 되었을 때 앞으로 5년은 더 해 보자던 다짐도 시한이 지났다. '나도 할 만큼 하지 않았나? 이 정도 했으면 도서관 문을 닫는다고 누가 뭐라 할 사람은 없지 않나? 민간도서관이 이렇게 임대료와 운영비를 스스로 감당하며 10년 넘게 버틴 것만 해도 기적 아닌가?' 이런저런 생각을 하며 도서관으로 향했다. 마침 운영위원회가 열리는 날이었다.

7년 전 손바닥만 하던 미스김라일락이 제법 큰 나무가 되어 도서관 앞에 턱 하니 자리 잡고 있다. 혜연 님이 정성껏 가꾼 바질잎에서는 반짝반짝 윤기가 난다. 가을꽃이 한가득 피어 나를 반기는데 마음이 울렁울렁했다. 문을 열고 들어가니 할머니 한 분이 손녀딸에게 책을 읽어 주고 계셨다. 장난꾸러기 녀석들이 반갑게 인사를 한다. 언제나 있던 풍경, 초록길의 일상이 그날따라 더 아름답고 애틋했다.

운영위원회는 자못 비장했다. 재정이 바닥을 드러낸 상황에서 도서관 운영을 어떻게 지속 가능하게 할 것인가? 이은영 운영위원이 먼저 말을 꺼냈다.

"인형 눈알 붙이는 부업이라도 할까요?"

"요즘 그런 일거리가 있어요? 도서관 앞에서 붕어빵을 파는 게 낫지 않을까요?"

"커피를 파는 건 어때요?"

"예전에도 커피를 판매한 적 있는데, 1, 2천 원 받아 원두 값 제하면 남는 게 없어요."

"제가 수세미를 떠서 팔까요?"

뜨개질을 잘하는 혜연 님이 나섰다.

"다이소 가면 천 원이면 사는데, 얼마에 팔아야 할까요?"

"이용료를 받는 건 어때요?"

"그건 좀… 우리보다 책 많은 구립도서관도 무료인데요. 좀 더 공익적인 일을 많이 해서 후원금을 모으는 편이 좋을 것 같아요."

내가 나서서 도서관 재정에서 가장 큰 비중을 차지하는 후원금 이야기를 꺼냈다.

"그럼, 미담을 만들어야겠네요. 도서관 회원들, 어른, 아이 할 것 없이 CPR 교육을 받는 거예요. 그러고는 골목길에서 누가 갑자기 쓰러지면 응급처치로 살려 내는 거예요. 초록길도서관에서 사람을 살렸다고 뉴스에 나오고 하면 후원금이 막 들어오지 않을까요?"

아이디어뱅크인 형주 님 이야기에 갑자기 비장한 분위기가 사라지고 포복절도하며 난리가 났다. 워크숍을 열어 집중논의를 통해 향후 대책을 마련하기로 하고 간단한 맥주 뒤풀이로 운영위원회 회의를 마무리했다. 집으로 돌아간 나는 술 한잔한 김에 페이스북에다 도서관 사정을 올렸다. 절실한 마음으로 후원계좌 번호도 적었다. "어려울 때 도와주시면 복을 두 배로 받습니다!"라는 글과 함께.

이틀 뒤 통장 정리를 하는데 눈물이 왈칵 쏟아질 뻔했다. 석 달치 임대료가 들어와 있었다. 동네분이 아닌 멀리 사는 친구들과 동네에 살다가 시골로 내려가신 분, 이름을 밝히지 않은 분들이 적지 않은 돈을 보내 주셨다. 여기가 뭐라고, 서울 변두리 골목길 작은도서관에…. 한 번도 오지 않은 분들마저 주머니를 열어 주셨다. 밀린 임대료에 좌절하며 도서관을 접을까, 생각했던 마음을 반성했다.

개인사업자로 등록되어 있는 도서관이지만 동네 사람들이 스스로 운영하며 자원활동으로 유지되어 온 공간인데, 설립자라는 이유로 존폐를 고민한 내가 교만했던 것이다.

여전히 많은 분들이 초록길을 없어서는 안 될 곳으로 여기고 있고, 힘을 보탤 마음의 준비를 하고 있었는데, 나 혼자 고민이 깊어 앞서서 좌절했던 것이다.

얼마 뒤 초록길의 창립 멤버이기도 한 마을자치연구소의 이신애 전문강사가 '초록길도서관 지속가능을 위한 워크숍' 진행을 위해 오랜만에 방문했다. 도서관이 어렵다는 소식을 듣고 후원금도 보내고 워크숍 진행을 자처해 주었다. 이날 워크숍에는 운영위원만이 아니라 은평구립구산동도서관마을을 수탁운영하고 있는 은평도서관마을사회적협동조합의 이사 몇 분도 참여했다. 작은도서관운동 차원에서 더 큰 그림을 그리면서 지속 가능성을 고민하기 위함이었다.

초록길도서관을 처음 접한 계기에 대해 서로 이야기를 나눈 다음 초록길의 강점과 약점을 분석하는 시간을 가졌다.

강점: 자유로운 분위기, 친밀한 분위기, 누구에게나 열려 있는 개방성, 접근성이 좋다. 유능한 운영위원과 회원이 많다. 차별적인 소모임이 많고 프로그램이 좋다. 후원인이 많다.

열띤 논의 속에 마친 워크숍

약점: 자원봉사 인력 부족, 홍보 부족, 재정 불안정, 적극 참여자가 한정, 다양한 사람들의 이용 부족, 전문 사서가 없어서 도서 관리가 잘 안 됨, 사무인력 부재, 운영 시스템이 안정적이지 않음, 무질서함.

활성화 방안: 지역주민과 도서관 회원을 대상으로 욕구조사를 한다. 당근마켓에 자원봉사자 모집을 하고 1365 자원봉사시스템에 봉사시간을 등록해 준다. 신간 도서가 들어오면 도서관 바깥에 도서목록을 붙여서 홍보하자. 학부모들이 혹할 수 있는 미끼강좌를 연다. 구립도서관의 지원으로 문학 기행, 역사 기행 등 큰 행사를 기획한다. 사회적 약자들을 위한 접근성을 높이고 인조사업계획 수립과정 속에 반영한다…

자유로운 분위기가 장점이자 그로 인한 무질서가 단점이라는 이은영 님의 말에 동의가 되었다. 이건 민간도서관의 특징이기도 하다. 무질서는 이용자들의 문화와 분위기에 한정된 것이 아니라 운영 시스템의 불안정성을 나타내기도 한다.

이 자유로움에 어떤 질서를 부여할 것인가? 우리가 만들어 온 질서를 어떻게 바꿔 나갈 것인가? 워크숍을 했다고 당장 명확한 해결 방안을 만들진 못할 듯싶다. 하지만 우리는 초록길도서관이 여전히 필요한 공간이라는 사실을 확인했고, 지속되어야 한다는 것에 동의했다. 이런 공감대를 확산하는 과정 속에 분명히 답이 있을 것이다.

우리 동네 이웃 도서관들

2023년 현재 은평구에는 75개의 작은도서관이 있다. 구청에서 직영으로 운영하거나 위탁 운영을 하는 공공도서관도 더러 있지만, 대부분이 민간에서 운영하는 형태다. 그렇지만 초록길도서관처럼 주민들이 스스로 운영하는 곳은 드물고 아파트나 교회 등에 부속되어 있는 도서관이 다수다.

민간사립도서관 운영자들은 각자 처한 상황이 다르긴 하지만 '작은' 도서관이란 이유 하나만으로 만나면 금방 마음을 열고 친구가 된다. 작다는 것은 규모를 의미하는 표현이기도 하고 운영의 취약성과 재정 혹은 인력 부족을 내포한 표현이기도 하다. 작은도서관은 서로 돕지 않으면 안 되는 이유가 있는 셈이다. 사회적 약자들이 연대하지 않으면 세상을 바꿀 수 없는 것처럼. 초록길도서관이 지나온 12년은 이웃 도서관들과 도움을 주고받으며 성장한 시간이었다.

도서관을 만들 때 급하게 준비해서 시작하다 보니 막막했다. 그래서 조언을 구하러 은평구만이 아니라 전국적으로도 유명한 대조꿈나무어린이도서관을 찾아갔다. 독서문화운동을 하던 사람도 아니고 도서관에 드나들며 책을 읽고 활동하던 사람도 아닌 내가 동네에서 시민운동, 진보정당 활동을 하던 사람들을 모아 작은도서관을 만들겠다고 하니 기가 막혔을 것이다. 그렇지만 앞서 운영된 도서관에서 물심양면으로 도움을 받았다.

꿈나무도서관에서 오랜 기간 활동한 한탁영 선생님은 기증받은 도서 정리에 도움을 주셨다. 당시에는 도서관리 프로그램이 없어서 수기로 노트에 수천 권의 도서목록을 정리하던 상황이었다. 5년간 꿈나무도서관 관장을 지낸 조은영 선생님은 작은도서관협의회를 만들고 운영하는 데 버팀목 역할을 하셨다. 몇 년 전부터는 초록길도서관으로 옮겨 운영위원으로 활동하고 계시니 초록길 입장에선 엄청난 인재를 영입한 셈이다. 서가 정리며 자원봉사 관리까지 전문성이 부족한 우리 도서관을 도서관다운 도서관으로 만드는 역할을 하고 계신다.

꿈나무도서관은 2002년 대조동 주민센터 3층 한쪽에서 시작했는데, 3년 뒤엔 자원활동하던 주민들의 요구로 주민센터 옆에 단독건물을 지원받아 옮겼다. 지금은 구립으로 전환하여 어린이도서연구회에서 운영하고 있다. 초창기 꿈나무도서관에서 활동하던 분들은 작은도서관 활동에 한정하지 않고 마을에서 다양한 활동을 이어갔다. 꿈나무도서관 앞에 작은 공원이 있는데 여기서 서성이던 청소년들에게 도서관 자원활동가 선생님들이 말을 걸었다. 2009년의 일이다. 이렇게 시작된 만남을 계기로 '청소년도서관작공'이 만들어지고 학교 밖 청소년의 거점공간으로 오랜 기간 많은 아이들의 삶을 지원해 오고 있다. 이미경 선생님은 작공을 만든 주역인데, 지금은 구의원이 되어 위기청소년과 자립준비청년들을 위한 조례 제정 등 의정 활동에 힘을 쏟고 계신다.

자녀들이 어릴 때 꿈나무도서관에서 활동하던 분들은 '마을앤도서관'이라는 비영리단체를 만들고 마을 카페를 차렸다. 여기서 작공 청소년들을 먹이고 공부시키며 동네 사람들이 모이는 아지트로 9년을 운영했다. 마을엔 카페에서 시작된 '꿈꾸는합창단'은 10년의 세월을 노래로 마을 사람들을 위로하고 응원하고 있다.

구립도서관인 '구산동도서관마을'은 이미경 선생님을 비롯한 꿈나무도서관 활동가들이 제안한 서울시참여예산 사업으로 만들어진 도서관이다. 마을 사람들은 '은평도서관마을사회적협동조합'을 만들고 구산동도서관마을을 위탁받아 운영하고 있다. 구산동도서관마을은 '은평마을작은도서관네트워크'를 지원하여 북페스티벌 등의 행사를 함께 개최했고 순회사서를 파견하여 초록길도서관을 지원했다. 은평도서관마을사회적협동조합의 이사장을 맡고 있는 김어지나 선생님은 초록길도서관에서 운영위원으로 봉사하면서 작은도서관 운동의 가치를 지역사회로 확산하는 역할을 하고 있다.

작은도서관의 가치는 마을을 바탕으로 한 관계의 확장에 있고, 우리 삶에 필요한 것을 스스로 만들어 내는 힘이 그 관계망에서 나온다는 것을 대조꿈나무어린이도서관과 구산동도서관마을 활동을 통해 배울 수 있었다.

수색장로교회도서관은 1985년에 운영을 시작한 곳으로 은평구 작은도서관의 역사와도 같은 곳이다. 신도로 한정 하지 않고 마을주민에게 열린 도서관으로서 역할에 충실했 다. 우리 아이들이 초등학교 다닐 때 권장도서를 빌리러 다 닌 적이 있는데, 학교도서관보다 편하게 이용할 수 있었다. 수색이 재개발되기 전 서울의 끝자락에 있는 변두리 마을, 문화시설이 전무한 동네에서 이 도서관은 정말 소중한 공간 이었다.

수색장로교회도서관을 운영하시는 한인철 장로님은 내 가 은평구에서 만난 어른 중 가장 존경하는 분들 가운데 한 분이다. 작은도서관협의회를 만들었을 때 종교도서관을 대 표한 운영진으로서 다른 도서관을 후원하고 격려하는 역할 을 많이 해 주셨다. 본업으로 경기도에서 양계장을 운영하 시는데 도서관 활동가들에게 달걀을 나누기도 하고 여러 번 후원금도 주셨다. 한인철 선생님은 어린 시절부터 이 교회 에 다니다 제대한 후 도서관을 주도해서 만드셨다. 전문성 을 갖추기 위해 사서 자격증까지 따셨다고 한다.

은평구 작은도서관의 역사가 된 수색장로교회도서관

수색장로교회도서관은 역사가 오랜 만큼 3만 5천 권에 달하는 책을 소장하고 있었다. 놀라운 점은 이슬람교의 경전인 《코란》도 종교 서가에 있다는 사실이다. 한인철 선생님은 이곳이 종교도서관이니 다른 종교의 책도 갖추는 게 옳다고 하셨다. 수색장로교회도서관은 여성학 책을 비롯하여 진보적인 인문사회 서적도 꽤 갖추고 있다.

뉴타운 재개발의 바람을 이 교회 아니 이 도서관도 피해갈 수 없었다. 빨간 벽돌에 뾰족한 종탑이 있는 오래된 교회들은 건물 자체에 영적인 힘이 깃든 것 같은 느낌이 드는데, 하나둘 사라지고 카페와 문화센터를 갖춘 빌딩으로 건축되는 모습이 안타깝다. 나는 수색교회가 허물어지는 것보다 3만 5천 권이나 되는 소중한 책이 갈 곳을 잃은 것이 더 속상했다. 수색교회는 일부 도서는 보관하고 많은 책을 다른 도서관과 전국 각지의 필요한 곳들로 나누었다. 시집 서가를 준비하는 물푸레도서관에 수백 권의 시집을 기증하고, 북스테이를 준비하는 시골 마을로 책꽂이와 책을 실어 보냈다.

얼마 전 재개발이 완료된 수색6구역에 새로운 모습의 수색장로교회가 모습을 드러냈다. 작은도서관도 다시 문을 열었다고 한다. 모습은 달라졌지만 마을 사람들에게 활짝 열린 작은도서관으로 35년을 지속한 그 마음이 이어질 수 있길 바란다.

북한산 자락 진관동에 자리 잡은 물푸레작은도서관은 작은도서관 활동가들이 쉼이 필요할 때 가는 곳이다. 아파트 1층 100평이나 되는 곳에 북카페와 같이 운영되고 있는데, 카페 앞에 생태공원이 있어 규모나 경관 면에서 동네의 어느 작은도서관도 따라갈 수가 없다. 은평뉴타운 개발로 아파트가 들어섰을 때 번화가가 아닌 숲속에 아파트 단지가 있다 보니 100평 상가가 임대될 리 없었다. 서울주택공사의 지원으로 여성을 위한 카페를 만들기로 했다. 생태보전시민모임에서 '에코상상사업단'이란 법인을 만들어 이 공간을 위탁 운영하면서 물푸레북카페와 물푸레작은도서관이 만들어졌다.

오랫동안 환경에 관심을 두고 '숲동이놀이터'를 운영하며 공동육아를 하던 엄마들이 활동가로 나섰다. 초록길도서관과 마찬가지로 이곳도 구성원이 재능을 나누고 서로 의지하

자연 속에서 휴식하며 책을 만나는 물푸레작은도서관

며 살아가는 생활공동체 성격이 강하다. 처음에는 아이들을 위한 프로그램이 중심이었으나 10년이 훌쩍 지난 지금은 다양한 세대의 여성이 치유하고 소통하는 공간으로 운영되며 뜨개질, 미술, 독서 모임 등 수십 개의 독서문화 프로그램을 운영하고 있다.

작은도서관 활동가들은 '월급'이 아니라 '보람'으로 보상을 받지만, 지치고 힘들 때가 잦다. 그럴 때 우리 네트워크 회원들은 물푸레도서관에 모여 몸과 마음을 다스리는 시간을 가졌다. 물푸레 선생님들이 타로로 마음을 위로해 주었다. 꽃다발을 만들어 자신에게 선물하기도 했다. 물푸레도서관은 자연 속 공간이 주는 아름다움과 사람이 주는 다정함이 가득한 곳이다. 나는 초록길도서관에서 은퇴하면 물푸레도서관 옆으로 이사해서 책 읽고 차 마시며 살고 싶다는 생각을 종종 한다.

은평어린이영어도서관은 평생학습관에 있는 작은도서관이다. 이 도서관은 공공도서관으로서 민간도서관들과 작은도서관네트워크를 지원하는 역할을 했다. 민간조직 활동가가 행정이나 공공기관의 주무관이나 담당자를 만나서 일하다 보면 관점이나 일하는 방식이 달라 부딪치기도 한다. 어쩌다 마음 맞는 사람을 만나 일할 만하다 싶으면 이내 보직이 바뀌어 또 다른 이와 맞춰야 하는 불편함도 생기기 마련이다.

그런데 영어도서관의 이해빈 선생님은 2014년 평생학습관에 와서 출산휴가를 가기 전인 작년까지 9년이나 되는 기간을 영어도서관을 떠나지 않고 작은도서관을 지원하는 역할을 맡았다. 작은도서관이 함께 하는 북페스티벌 같은 연합행사 실무를 담당하기도 하고, 작은도서관네트워크 운영위원을 맡아 오랜 기간을 함께했다. 이해빈 선생님이 평생학습관에 근무하던 기간에 관장이 두 번 바뀌고 많은 직원이 떠나고 새로 왔다. 이해빈 선생님이 가장 오래된 직원이라고 했다.

이해빈 선생님이 처음 이 동네에 왔을 때는 직장일 뿐 다른 의미는 찾지 못했는데, 여러 작은도서관과 함께 일하면서 이곳에서 살겠다고 마음을 정했다. 엄마 같고 이모 같은 작은도서관 활동가들과 합이 참 잘 맞았고 정이 들어 버렸다. 수원에서 결혼식을 올렸는데 신혼집은 은평구에 마련했다. 얼마 전에 아이 돌이 지났다고 집으로 놀러 오라는 초대를 받았다. 작은도서관에서 일한다는 것은 마을 사람들과 삶으로 연결되는 것이다. 그래서 평생학습관에서 가장 오래 근무하는 직원이 될 수 있지 않았을까? 돌 지난 그 아이가 몇 년 뒤엔 초록길도서관 프로그램에 참여하는 때가 오리라고 기대한다.

작은도서관도
뭉치면
작지 않다

초록길이 생긴 첫해 은평구에는 민간 작은도서관을 지원하는 예산이 없었다. 서울시에서 내려오는 도서관별 도서구입비 1, 2백 만 원이 전부였다. 작은도서관 담당자가 있긴 해도 이 업무만 집중해서 하는 보직이 아니었다.

이듬해에 구보조금 예산이 책정되었지만 연간 천만 원 수준으로 시보조금을 받지 못하는 도서관에 도서구입비 일부를 지원하는 용도로 쓰였다. 당시 50여 개가 넘는 작은도서관이 있었는데도 민간도서관을 위한 지원정책은 없다시피 했다.

민간이 자율적으로 만든 도서관이고 설립 목적이 다를 수는 있지만, 주민에게 편의를 제공하고 행정이 하지 못하는 사회적 기능을 수행하고 있으니, 행정의 지원을 요구하는 것은 당연한 권리였다.

목소리를 내기 위해 비슷한 처지로 어려움을 겪고 있는 작은도서관들이 힘을 모아야 했다. 초록길도서관, 대조꿈나무어린이도서관, 청소년도서관작공이 주체가 되어 은평구의 작은도서관과 만남의 자리를 만들었다. 교회도서관, 아파트도서관, 복지관도서관 등 작은도서관의 성격은 제각각이어도 책을 통해 주민의 삶을 지원하겠다는 같은 뜻을 품은 다양한 도서관의 운영자가 모였다. 처한 환경은 달라도 작은도서관을 운영하며 겪는 어려움은 비슷했다.

이렇게 만나고 보니 우리가 함께해야 할 이유가 분명해졌다. 운영상의 어려움을 해결하기 위해 행정지원을 요구하는 것, 좋은 프로그램을 배우고 공동의 사업을 모색하는 것 등 너무나 절실하고 필요한 일들이었다. 내가 하는 고민이 나만의 것이 아니라는 사실을 아는 것, 나와 같은 문제의식을 가진 이가 있다는 것만으로 힘이 되었다.

2014년 2월 은평구작은도서관협의회가 창립총회를 열었다. 은평어린이영어도서관, 응암정보도서관이 운영하는 불광천작은도서관 등 공공도서관들도 참여하여 힘을 보탰다. 19개의 작은도서관이 협의회에 가입하여 창립했는데 이후 더 많은 도서관이 들어왔다. 관내 작은도서관 중 과반이 가입했다. 활성화되어 운영되는 도서관 대부분이 참여한 셈이다. 공공도서관, 종교도서관, 민간도서관 이렇게 운영 주체별로 모임을 만들어 논의하고 교류하는 시간을 별도로 가졌다.

협의회는 은평구 관내 작은도서관을 대상으로 전수조사를 하여 우리가 처한 상황을 정확히 분석하여 요구사항에 대한 근거를 마련했다. 그러고는 지방선거 기간에 출마자들을 초대하여 공청회를 열었다. 은평구 도서관의 현황을 알리고 고양시의 모범사례를 발표한 다음 은평구작은도서관지원조례 제정을 촉구했다.

작은도서관들은 은평구 누리축제에 함께 참여하여 활동을 알리는 한편 이듬해에는 별도로 작은도서관 축제를 열기도 했다. 작은도서관이 힘을 합해 모이면 결코 작지 않으며 지역 내에서 수많은 활동을 하고 있다는 사실을 보여 주었다.

우리의 노력이 결실로 돌아왔다. 은평구는 독서문화진흥
조례를 제정하여 작은도서관을 지원할 수 있는 근거를 마련
했다. 연간 지원 예산이 전년도보다 10배 이상 책정되었다.
제대로 된 구보조금 지원이 시작된 것이다. 이로써 책을 예
전보다 넉넉히 구매할 수 있게 되었고, 프로그램이나 행사
도 부담 없이 몇 개라도 더 할 수 있게 되었다. 그러나 도서
관 운영상 문제가 다 해결된 것은 아니었다.

작은도서관은 사람이 핵심인데 인력을 키울 여건이 안 되
는 것이다. 자원활동가들이 이웃과 함께 하려는 선한 마음
으로 시작하지만, 전문적인 역량을 갖출 수 있도록 지원하
는 정책이나 프로그램이 없었다. 운영자나 봉사자에게 지
급하는 인건비나 강사비를 보조금으로 사용해서는 안 된
다. 수년간 열심히 활동했던 관장이나 운영자가 경제적인
사정으로 취업을 하면 결국 도서관은 침체되고 말았다.

2021년 드디어 '작은도서관 육성 및 지원조례'가 제정되
었다. 그 과정 또한 쉽지 않았다. 구청 담당과에서 메일로
조례안을 각 도서관으로 전달했을 때 운영자들은 매우 실망
했다. 지원조례가 아니라 작은도서관 관리규정이었기 때문

이다. 조례 내용에 '구청장은 작은도서관을 지원할 수도 있다'고 명시된 반면 작은도서관이 지켜야 할 규정은 수십 가지가 넘었다. 심지어 민간도서관 상황에 맞지도 않는 규정이 죽 나열되어 있었다.

작은도서관들이 모여 긴급하게 회의하여 수정사항과 요구사항을 정리했다. 그러고는 구청에 공문을 보내고 담당 부서에 항의전화를 했다. 아울러 의견수렴 없는 조례안 작성에 대해 문제를 제기하며 당장 간담회를 개최할 것을 요구했다. 이런 우여곡절 끝에 만족스럽진 않지만 최소한 동의해 줄 수 있는 조례안이 제정된 것이다.

서울시에서 2023년 작은도서관 지원 예산을 전액 삭감했다가 큰 저항에 부닥쳤다. 난처해진 서울시장이 추경으로 예산을 집행해서 시보조금이 하반기에 나오는 황당한 경험을 했다. 은평구 지원조례가 있다고 예산이 크게 늘어나거나 모든 문제를 해결할 순 없겠지만 적어도 서울시 사태 같은 상황은 발생하지 않을 것이다. 주민들의 요구로 입법화되었기에 우리를 지켜 줄 수 있는 것이다.

2022년 지방선거를 앞두고 은평의 작은도서관들이 전체 간담회를 열었다. 선거에 출마한 후보들에게 우리의 요구를 전달하기 위해서였다. 우리는 요구사항을 크게 세 가지로 정리했다.

1. 작은도서관 예산의 현실화
2. 작은도서관 통합지원시스템 구축
3. 은평구 작은도서관 협의체 구성

이런 요구와 취지를 담아 43개의 작은도서관 및 유관기관 연명으로 구청장, 시의원, 구의원 후보자 한 명 한 명에게 질의서를 보내고 답변을 요구했다. 신기하게도 당시 여당의 수많은 후보자 중 어느 누구도 답변하지 않았다. 우리는 무응답자 명단을 포함하여 결과지를 공개하고 전체 도서관 회원에게 공유했다.

당선된 구청장, 시의원, 구의원 상당수가 우리의 요구에 동의해 주었기 때문에 우리는 더욱 적극적으로 작은도서관 정책의 변화를 이룰 조건을 만들 수 있었다. 작은도서관과 소통할 민간전문 인력이 도서관팀에 배치된 것, 사립작은도서관 홈페이지가 구축된 것, 작은도서관 심층 전수조사를 실시하는 것 등 우리의 요구사항이 어느 정도 받아들여지고 있음을 확인할 수 있다.

은평구에 아파트가 늘어나면서 작은도서관 수도 더 늘었다. 비슷한 정체성을 띤 도서관들이 각각의 협의체를 따로 만들었다. 은평구작은도서관협의회는 이름에 맞는 역할을 수행할 수 없다고 판단하여 '은평마을작은도서관네트워크'로 명칭을 변경했다. 초록길도서관은 수년째 대표도서관 역할을 수행하고 있다.

은평마을작은도서관네트워크는 평생학습관과 구립구산동도서관마을과 협력하여 2016년부터 2021년까지 해마다 은평북페스티벌을 개최했다. 지역의 서점과 출판사 들을 초대하고 지역의 작가와 저서를 소개하는 전시회도 열었다.

북페스티벌은 작은도서관들이 힘을 모아 1년간의 활동을 펼쳐 보이는 장이었다. 국회의원과 기관장이 오면 천편일률적인 인사말 대신 시를 낭송하게 했다. 축제의 주인공은 작은도서관에서 삶을 키워 가는 동네 사람들이다. 그렇기

은평마을작은도서관네트워크 사람들과 초록길도서관 어린이 밴드 그린웨이

에 유명 가수나 공연팀을 부를 필요가 없다.

우리 초록길의 어린이 밴드인 '그린웨이'가 처음으로 무대에 선 것도 북페스티벌이었다. 수색한숲도서관은 우쿨렐레 공연을 하고, 물푸레작은도서관은 어린이합창단이 나와 멋진 공연을 펼쳤다. 지역주민이 주인이 되는 잔치였기에 해마다 손꼽아 기다리는 진정한 마을 축제가 될 수 있었다.

작은도서관이 뭉치면 결코 작지 않다. 나는 초록길도서관이 커지기를 바라지 않는다. 우리 같은 작은도서관이 더 많이 생겨나고 더 잘 연결되길 바랄 뿐이다.

우리동네 작은도서관 초록길 사람들

백미숙

초록길에서
두 아이를
키웠어요 _윤성화

배움의 문이 활짝 열리는 춘삼월,

초록길도서관에서 배워보아요, 중국어는

강사 - 초록길 운영위원인 윤성화 선생님인데요,

누면상 가에서 어린 시절을 보내시고 일본 유학 길에

은평에 자리잡은 분이라

한중일 3개 국어 능통이십니다.

2016년 2월 페이스북 초록길도서관 그룹에 이런 포스팅이 떴다.

북경민족대학 언어문학교육 전공, 일본 명해대학 일본어교육과 석사 수료한 실력파. 초록길 운영위원 중 가장 많이 배우신 분이고, 가장 멀리서 오신 분이다.

윤성화 운영위원은 개관 첫해부터 초록길에 왔다. 2012년 5월에 그림자 인형극 강의를 들었다. 서울시 여성발전기금에서 주최한 3040 여성들을 위한 문화예술교육이었다.

"그림자극이라고 해서 가볍게 생각했어요. 배워서 애들에게 해 줄 수 있는 건가 했는데 스케일이 너무 컸어요. 큰 판을 오리고 대본도 써야 했고요. 공연할 때는 큰 판 뒤에 빛을 비추면서 두 사람이 목소리 연기하고요. 내 생각과는 달랐지만 좋은 경험이었어요."

그다음으로 참여한 것이 '책샘'이었다. 예지가 초등학교 1학년, 지성이는 돌 지난 어린 아기였다. 지성이를 어린이집에 보내고 예지를 데리고 도서관에 다녔다.

예지를 위해서였을까, 자신의 지적 욕구 때문이었을까?

"예지 때문에 왔는데, 있다 보니까 엄마를 대상으로 한 프로그램이 꽤 여럿 있었거든요. 부모 교육도 있었고요. 그다음에 고길희가 진행하는 어린이 놀이 프로그램이 주기적으로 있어서 '딱 여기다!' 하고 눌러앉았지요."

초록길에서 8년째 중국어 수업을 하고 있는 윤성화 씨

초록길에서 아이 둘 다 키웠어요

"우리 애들 초등학교 시절을 여기서 다 보냈어요. 예지는 여기서 하는 어린이 프로그램 거의 모든 걸 했어요. 댄스 그룹, 밴드 같은 동아리 활동도 했죠."

예지는 지금 고등학교 1학년이다. 저학년 때는 놀게 하던 엄마들도 아이가 초등학교 고학년이 되면 학원을 보낸다. 성화 씨는 학원을 보내지 않고 초록길의 모든 프로그램에 아이를 보냈다. 스스로 초록길에서 아이를 키웠다고 할 만큼. 그런 시간에 성화 씨는 아쉬움이 없을까?

"우리 서로 그때 놀아서 너무 다행이다. 놀 수 있는 데가 있어서 너무 다행이다 생각하지요."

실컷 놀며 어린 시절을 같이 보낸 아이들끼리는 공유하는 정서가 있는 모양이다.

"아영이가 지금 선일여중에 있잖아요. 예지는 선일여고 갔거든요. 각자 다른 중학교 다니면서는 애들이 서먹서먹했단 말이죠. 근데 고등학교 가서 아영이를 만난 거예요. 둘이서 연락하고 따로 만나고 다녀요. 둘이 성향도 안 맞고, 나이 차이도 있는데 굳이. 초록길에서 함께 보낸 시간이 기니까 만나면 마음이 편한가 봐요. 스케줄도 둘이 너무 달라요. 하나는 운동선수고 하나는 고등학생인데 시간을 내어 놀더라고요. 같은 공간에서 지낸 시간이 이렇게 유대감을 만들어 준다는 게 참 신기했어요. 그 시간이 헛된 게 아니구나 싶기도 하고요."

예지는 중학생이 돼서도 초록길 프로그램에 참여했다. 이종희 선생님이 중학생을 대상으로 진행한 독서 프로그램이었다.

성화 씨는 초록길에서 아이를 키우며 얻은 가장 큰 성과로 책 읽기를 꼽는다.

"예지가 그래요. 초등학교까지 자기 진짜 책 열심히 읽었다고. 예지는 기분이 나쁠 때면 초록길에 와서 책을 읽었대요. 엄마랑 싸우고 나서 책 읽으면 마음이 좋아진대요. 책 읽는 즐거움을 여기서 배운 거지요. 그거만 해도 초록길에서 얻은 게 엄청난 거예요."

지성이는 책을 그다지 좋아하진 않는다. 요즘은 합기도에 푹 빠져 지낸다. 초록길에서 다양한 연령대의 아이들과 어울리며 얻은 친화력 덕분인지 남녀 가리지 않고 친구가 많다고 한다. 초록길 밴드 그린웨이에서 시작한 드럼을 계속하고 있다. 예지와 아영이가 단짝이 되었듯 지성이 또한 밴드 활동을 하는 초록길 아이들과 진한 유대를 이어가지 않을까 성화 씨는 기대하고 있다.

공부하는 법을 가르쳐 주는 중국어 교실

성화 씨는 요즘도 초록길에서 중국어 강좌를 이어가고 있다. 현재 초등반 세 반, 줌으로 수업하는 중학생반 한 반, 성인반 한 반이다. 관장님이 중국어 수업을 해 보라고 해서 '뭔 수업을 하라는 거냐?' 하면서도 강좌를 열었고, 초록길 엄마들이 아이를 보냈다. 그때 시작한 초등반 멤버들이 중학생이 된 지금도 거의 그대로 참여하고 있다. 성인 중국어반 또한 멤버 변동 크게 없이 지속하고 있다. 치매 예방에 공부가 좋다면서.

성화 씨 수업의 비결은 이렇다.

"우리는 그냥 그날 수업에 충실해요. 요구를 많이 하거나 목표를 높게 잡지 않아요. 그래서 길게 갈 수 있는 것 같아요. 수업이 없는 날에는 중국어 생각도 하지 마라. 중국어를 위해서 시간을 더 내라고 해도 뭐 내겠어요? 못 내는 거지. 그리고 수업 와서 계속 복습해요. 와서 복습하고, 또 복습하고. 우리는 그냥 가늘고 길게 가자. 길게 해야 좀 쌓이는 게 있어요."

역시 교육을 전공하신 분이라 교육철학이 확고하시다. 그래도 교육의 목표는 있지 않을까.

"나중에 필요해서 중국어 학원을 찾아갔을 때 기초가 되어 있는 상태까지. 딱 여기까지만 바라보고 가고 있어요. 기초는 건너뛰고 그 위부터 쌓으면 되니까 시간을 많이 절약하는 거죠. 대부분의 중학교에 중국어 과목이 있잖아요. 애들이 학교에서 시험 보면 백 점 맞을 정도는 돼요. 회화 잘하고 문장 다 알아보고, 이 정도는 아직 안 되지만요."

이제 보니 초록길의 숨은 알짜 프로그램이 중국어 수업이었다. 중국어를 가르치지만, 진짜 가르치고 싶은 것은 공부하는 태도와 방법이라고 성화 씨는 덧붙인다.

"누구나 처음부터 공부 잘하는 거 아니다. 꾸준하게 하는 사람이 잘하게 되는 거다."

아내와 두 아이가 많은 시간을 초록길에서 보내는 것에

대해 남편은 어떻게 생각할까 궁금해진 것은 성화 씨 부부
가 아주 다정한 잉꼬부부이며 중국에서 일본으로 다시 한국
으로 국경을 넘나든 러브 스토리의 주인공인 걸 알기 때문
이다.

"남편이 적극 지원하죠. 초록길이 있어서 너무 다행이다.
애들도 그렇고 나도 그렇고 여기서 우리만의 삶이 있어서
남편을 괴롭히지 않으니까."

하마터면 성화 씨가 은평구를 떠나 이사할 뻔했다. 남편
이 하남시에서 일하게 되면서 출퇴근 거리가 너무 길어지자
성화 씨가 결단을 내렸다.

"지금 초록길에서 충분히 잘 지내고 있는데 거기 가서 초
록길 같은 데를 못 만나면 자기를 얼마나 원망하겠냐며 제
발 오지 말라고 했어요."

주말 가족으로 지내다 다시 남편이 서울로 오게 되면서
이사는 없던 일이 되었다.

"역시 우리 남편은 가치를 아는 남자다. 그렇죠?"

기억에 남는 프로그램

"권정생 문학기행이 가장 기억에 남아요. 권정생 선생님 책을 다 읽고 간 거라 그 연장선이잖아요. 고길희가 같이 가서 애들 다 데리고 놀아 줘서 더 좋았던 거지요. 애들 딱 맡기고 어른들끼리 동네 돌아다녔던 게 되게 좋았어요. 남편한테 내가 안동 좋았다고 하도 얘기를 해서 같이 안동 갔거든요. 근데 그때 느낌이 아니더라고요. 계절이 달라서 그런가 약간 스산한 느낌이었는데, 초록길에서 갔을 때는 뭔가 생기가 넘쳤거든요. 그때 기억이 되게 좋았어요."

성화 씨는 들은 수업들도 꼽았다. 커피를 좋아하지 않았는데 커피 만들기 수업을 들으며 커피 맛을 느낄 수 있었다. 글쓰기 수업으로는 동화쓰기와 시쓰기를 했다. 초록길 동화책《처음이라고 하기엔》에는 성화 씨가 쓴 동화에 예지가 그림을 그린 〈오줌 요정〉이 실려 있다.

"밤에 막 뒹굴면서 너무 괴로웠던 기억이 나요. '창작은 너무 괴로워, 나랑 안 맞아', 이러면서요. 동화 쓰기가 너무 너무 괴로워서 한 번만 참여하고 말았고요, 시는 결국 못 썼어요."

직접 참여해서 성과물을 만들어 내기보다는 받아들이기만 하는 게 더 편할 수도 있다. 성화 씨는 성공회대 고병헌 교수님 강의가 무척 좋았다고 했다.

"고병헌 교수님 강의는 다 좋았어요. 부모에 대한 얘기, 아이들을 보는 시선에 대한 얘기, 세상을 바라보는 시선에 대한 얘기. 딱 깨워 주는 느낌이었어요. 어떻게 매번 이렇게 좋은 강의를 해 주실까 할 정도죠. 고병헌 교수님이 작은 도서관에서 기꺼이 강의해 주시는 게 참 고마웠어요."

운영의 주체로, 배움터 매니저로

성화 씨는 요 몇 년간 은평 평생학습관에서 주관하는 동네배움터 매니저 일을 했다. 예산을 받아 강좌를 열었는데 예산이 내려오는 5월부터 10월 말까지 길지 않은 기간에 성인 프로그램과 어린이 프로그램 다 해서 7개 강좌를 진행했다. 서류 갖추고, 강사 관리하고, 회원 관리하고, 동화쓰기 같은 프로그램의 경우 책으로 엮은 뒤 출판을 축하하는 소규모 모임까지 챙겨야 했다.

코로나 상황으로 도서관 문을 닫았을 때도 동네배움터 수업은 줌으로 진행되었다. 2023년에는 초록길도서관이 동네 배움터 선정에서 제외되는 바람에 잠깐 숨을 돌리고 있다.

그 밖에 운영위원으로, 평일 도서관 지킴이로 도서관 문 턱을 닳게 하는 역할을 꾸준히 하고 있다.

돕는 사람들도 있고, 이곳에서 충만한 시간을 보내는 사 람들이 있음에도 초록길은 매순간 지속 가능을 모색해야 한 다. 민간도서관으로 수익이 나는 곳이 아니기 때문이다.

"월세만 해결되면 좋겠어요. 봉사하고 싶어 하는 사람들 이 있으니, 원하는 공간을 같이 꾸려 가면 될 것 같아요."

후원금이 재정의 중요한 부분을 차지하는 도서관으로 공 공성에 대한 고민 역시 품고 가야 한다는 점을 성화 씨는 잘 알고 있다.

"우리가 회원을 모집할 때 어린이와 엄마가 주 타깃이었 잖아요. 노령화 시대에 접어들었는데 노인 관련 프로그램 을 노인복지관과 연계해서 해 보면 어떨까 싶어요. 동네배 움터에서 장애인이 함께할 수 있는 프로그램 요청이 있어 요. 그런 부분도 고민해 보면 어떨까요. 물론 공부가 필요하 겠지만요."

인생의
큰 축이
바뀌었어요 _김은지

역촌동으로 이사 와서 동네 탐방을 나섰다. 아이를 데리고 동네와 낯을 익히려 골목길을 걷고 있는데 커다란 나무가 골목 위에 우뚝 서 있는 모습이 보였다. 초록잎이 무성한 가지가 뻗어 나간 곳을 따라가던 눈길에 딱 뜨인 것이 바로 '초록길'이란 간판이었다.

김은지 씨가 초록길을 처음 만난 순간이다.

"이런 골목길에 도서관이 있네?"

보통 도서관은 정부에서 지어 넓은 부지에 번듯한 건물인데, 골목 안에 이렇게 작고 예쁜 도서관이 있다니. 김은지 씨는 그날 이후 초록길에서 종종 시간을 보내곤 했다.

그러다 좀 더 적극적으로 도서관과 관계를 맺게 된 계기는 '내 아이를 위한 세상에 단 하나뿐인 동화책 만들기' 강좌였다.

"그 무렵 팝업북 만들기가 유행이었어요. 저거 한번 해 보고 싶다고 생각하던 차였지요. 동화책 만들기 강좌라고 해서 왔는데 후회했어요. 책을 만들기 위해서는 우선 동화를 써야 하는 거더라구요."

백미숙 동화작가의 동화쓰기 강의를 4주 동안 듣고, 스스로 글재주가 없다고 생각했지만 동화 한 편을 썼다.

〈엄마 키우기〉.

재택근무를 하면서 마감에 쫓기느라 아이를 잘 돌보지 못해 겪었던 어려움과 아이가 성장하면서 자신도 엄마로서 성장하는 이야기였다. 권성화 운영위원의 강의를 들으며 멋진 팝업북으로 만들어졌고, 이 동화는 초록길 첫 동화집 《밴댕이 엄마》에도 실렸다.

이 활동을 시작으로 초록길도서관 독서 동아리 '책샘'에 가입했고, 함께 책을 읽고 삶의 애환을 나누는 동네 친구들이 생겼다.

얼마 뒤 박지현 관장이 말을 건넸다.

"민화 강좌를 열 건데 같이 하실래요? 이춘희 교수님이 강의하셔요. 수준 있는 강의라 다른 데 가면 수강료가 비싼데 우리 도서관에서는 실비만 받고 강의해 주시기로 했거든요."

민화? 민화라고? 은지 씨에게는 그림에 대한 추억이 있다. 중학교 때 미술반에서 활동하면서 그림을 그렸다. 미술부 선생님과 친구들이랑 여러 마을을 돌아다니며 스케치하고, 미술실에서 그림 그리려고 갖다 놓은 석류 까먹고 헤헤거리는 등 미술부 선생님과 친구처럼 지내면서 즐거운 기억이 많았다. 각종 미술대회에서 상도 여러 번 탔다. 대학 진학을 앞두고, 미대에 가고 싶었으나 아버지의 반대에 부닥쳐 다른 과로 진학했다.

"민화는 전공자가 아니어도 할 수 있어요. 본을 대고 그 위에 채색을 하니까요. '너도 그림 그려도 돼.' 하고 허락받는 기분이었어요."

은지 씨는 신나게 그림을 그린 시절로 기억한다. 열심히 그렸고, 소소한 공모전에 작품을 내어 입상도 여러 번 했다. 본 위에 채색만 하는 게 재미없어질 무렵 이춘희 선생님이 현대 민화를 해 보지 않겠냐고 권하셨다. 전통 민화를 답습하는 것이 아니라 민화의 기법을 사용하되 창작을 하는 것이었다. 공모전에 작품을 내고 우수상을 받게 되었다. 큰 상을 받다니 은지 씨는 기쁨이 컸다. 모르는 누군가에게 인정을 받은 느낌이었다. 인사동 갤러리에서 입상작 전시회를 할 때 시부모님을 모셨는데 그림을 좋아해 주셔서 기뻤다.

민화 수업을 받는 한편으로 은지 씨는 아이들에게 민화 수업도 하게 되었다.

초록길도서관에서 방과후 돌봄교실 프로그램을 운영하면서 매주 월요일 오후 3시부터 5시까지 초등학교 저학년을 대상으로 민화동동 수업을 열었다. 민화 기법을 쓰기도 했지만, 거기에만 매이지 않고 전통 문양이나 한지 등의 소재로 다양한 미술 활동을 했다.

은지 씨가 미술 교육 관련 직업을 가진 것도 아니고 아이들을 처음 지도하는데 어려움은 없었을까?

"내가 무슨 자격으로 아이들을 가르치나? 교육에 대한 기본 소양도 없는데 혹시 말이라도 실수하면 어떡하지? 이런 생각 때문에 부담스럽고 마음이 힘들었어요. 그러나 재료

찾고 소재 찾는 일은 너무 재미있었어요. '이거 애들하고 해봐야지.' 하면서 즐거웠어요. 2년 동안 다양하게 해 볼 수 있었어요."

은지 씨가 아이들과 수업하는 모습을 옆에서 보면 유난히 자주 들리는 소리가 있다.

"와, 이거 너무 멋있다. 어떻게 이런 생각을 했니?"

은지 씨는 감동을 참 잘하는 사람이구나 느꼈다.

"수업을 준비하면서 예상이 되잖아요. '이걸 제시하면 아이들은 이렇게 하겠구나.' 하고요. 그런데 전혀 생각지 않은 질문이나 뜻밖의 결과물이 나오는 게 엄청 재미있었어요. 아이마다 제각각 표현하는데 그 자체로 기발했어요. 생각지 않은 표현을 아무 두려움 없이 하는 걸 보고 자극도 많이 받았어요. 신기하기도 하고. 속으로 '나도 저렇게 해야지. 저렇게 선을 표현하니까 너무 예쁘구나.' 생각했어요. 저한테 참 고마운 시간이었어요."

은지 씨가 진행한 민화동동 수업의 결과물은 아이들이 집에 가져가기도 했지만, 일부는 초록길 도서관 그림책방의 천장과 벽을 장식했다.

현대민화공모전 입상을 계기로 은지 씨는 본격적으로 민화를 전공하기로 마음먹는다. 대학원에 진학해서 열심히 공부 중이다. 은지 씨는 민화를 자신의 업으로 쭉 가져갈 마음이라고 한다.

초록길도서관에서 운영위원으로 참여하면서 은지 씨는 동네배움터 매니저를 하고, 강좌에 참여하며, 동화책 표지나 소식지 표지를 만들기도 했다. 일주일에 한나절은 도서관 지킴이도 했다. 초록길을 지키는 핵심 멤버 중의 한 명이었다. 이제 역촌동을 떠나 근처 행신동으로 이사하게 되어 물리적 거리가 멀어졌는데 은지 씨 마음의 거리는 얼만큼일까?

"제 삶에 되게 중요한 부분이 초록길에서 시작된 거예요. 전에는 제가 어떤 사람인지를 거의 생각 못 하고 살다가 여기 와서 확실히 느꼈어요. 인생의 큰 축이 바뀌었다고 할 수 있어요. 버거운 엄마 역할, 주위 시선, 남편과 시어른 마음에 들기 위해 애쓰며 지친 시간을 뒤로하고 내 것에 집중할 수 있는 일을 찾았어요. 내 인생에선 내가 제일 우선이라는 걸 깨달았어요."

삶에서 중요한 부분이 초록길에서 시작되었다고 말하는 김은지 씨

지금은 대학생이 된 큰아이가 고등학생이 된 어느 날 초등학생 때 하루도 맘 편히 놀아 본 적이 없다고 해서 은지 씨는 깜짝 놀랐다. 생각해 보니 주변 사람들 하는 만큼 한다고 생각해서 온종일 학원을 보냈다. 한 곳 마치고 나면 다음 학원이 기다리기 때문에 친구들과 놀고 싶어 하는 아이를 채근하기도 했다.

　은지 씨가 초록길에서 활동하면서부터 터울이 많이 지는 둘째 시현이는 초록길에서 키웠다. 학교 마치면 시현이는 학원 뺑뺑이를 돌지 않고, 초록길 프로그램에 참여하거나 조용히 앉아 책을 읽었다. 지금 시현이는 자신이 하고 싶은 일을 찾아서 행복한 중학 생활을 보내고 있다.

　은지 씨가 꿈꾸는 초록길과 자신의 미래는 어떤 모습일까?

　"초록길도서관이 쭉 이어지면 좋겠어요. 할머니가 돼서도 책 모임 하고, 치매 예방으로 중국어도 계속하고요. 동네 사람들과 기분 전환 삼아 민화 소품을 같이 그리고 있으면 좋겠어요."

초록길을
거점 삼아
나를 확장하다 _이은영

"엄마, 나 요구르트 먹으면 다섯 살 돼?"

"아니. 그냥 네 살이야."

"엄마, 나 밥 많이 먹으면…."

"살쪄!"

2016년 6월 초록길 어느 모녀의 대화다. 네 살 지영이와 엄마 이은영 씨. 웬만하면 엄마들이 아이 비위를 맞추는데, 참 쿨한 엄마였다.

마을에 뿌리내리다

처음 초록길에 오기까지의 이야기를 은영 씨는 이렇게 들려준다.

"제주도가 고향인데 결혼하면서 서울로 왔어요. 아는 사람이라고는 남편밖에 없고, 직장과 집 사이를 오가는 생활이 재미가 없더라고요. 발을 땅에 붙이고 사는 느낌이 안 들었어요. 그때 마을에 뿌리내리고 싶다고 생각했어요. 서로 돌보며 아이를 키우고 함께 성장해 가는 마을이요. 은평으로 이사 오게 되면서 검색을 했지요. 은평구에 모임이 많다는 소문을 들었거든요. 살림의료사협을 알게 되었고, 아이가 어리니까 병원 갈 일이 많을 것 같아 조합원 가입을 했어요."

살림 소모임 중에서 주말에 활동하는 텃밭 모임 '주렁주렁'에 들어갔다.

"작은아이 업고, 큰아이 손 붙잡고 밭에 갔어요. 그때 정말 재미있었어요."

어쩜 그때 우리는 텃밭에서 마주쳤을 수도 있다. 초록길에서도 서오릉 주말농장에 텃밭을 빌렸고, 도토리학교 아이들을 데리고 토요일마다 갔으니까.

큰아이 아영이가 초등학교 들어가면서 방과후 아이를 맡길 데가 없어 은영 씨는 직장을 그만두었다. 그리고는 남는 시간에 그동안 가고 싶었던 은평의 곳곳을 방문했는데 그중 하나가 초록길도서관이었다. 오자마자 벽에 붙어 있는 모집 공고를 보고 자발적으로 책샘에 들어갔다. 마을에서 아이를 잘 키우고 싶다는 바람도 있었지만, 그보다는 스스로 성장할 수 있는 모임을 하고 싶었다.

"책 읽으며 이야기하는 시간이 좋았어요. 책에서 시작해 인생 이야기, 영화며 음악 이야기, 사회문제 등 다양한 화제로 이야기를 해요."

은영 씨는 초록길에 온 처음부터 훅 빠져드는 느낌이었다고 했다.

"다양한 얘기를 하다 보니까 계속 할 얘기가 더 나오는 거예요. 물론 애들 얘기로 끝나긴 하지만요. 불안함을 느껴서 막 '공부, 공부' 하는 그런 엄마들도 아니었던 것 같고. 물론 있다 치더라도 자기 성찰하면서 옳은 방향으로 가려고 노력하는 사람들이라는 생각이 들어서 그게 저랑 잘 맞았던 것 같아요. 초록길에서 활동하는 프로그램에도 다 그런 가치관이 녹아 있는 것 같아 처음부터 좋았어요."

마을에 거점이 생기다

은영씨가 운영위원이 되어 초록길 운영에 깊이 관여하게 된 것은 5주년 기념 행사를 마친 이듬해, 2017년이다.

"5주년 행사를 준비하고 있는데 관장님이 '내년에 운영위해 주시는 거죠?' 하셔서 그때 우르르 들어간 것 같아요. 책샘 활동하던 엄마들, 남선 쌤, 혜옥 쌤, 순희 쌤, 은지 쌤, 저요. 윤성화 쌤은 이미 운영위원이었고요."

도서관 개관하면서 시민사회 활동가들로 채웠던 초록길 운영위원회가 도서관을 이용하는 사람들로 구성이 바뀌었고, 회의도 활기를 띠었다.

운영위원으로서 은영 씨는 할 말 하는 사람이다. 박지현 관장이 운영위원들의 동의를 구하지 않고 밀어붙일 때 정색을 하고 이의 제기를 한 적도 있다. 이은영 씨는 2023년인 지금도 도서관 운영위원으로 있으면서 정해진 날에 도서관 지킴이를 한다. 당번이 아닌 날에도 초록길에 나와 있기도 한다.

은영 씨는 초록길도서관을 거점이라고 표현한다. 수시로 드나들고, 오면 항상 내가 알고 나를 알아주는 사람이 있는 곳. 초록길을 거점으로 은영 씨는 다양한 실험을 했다.

어느 해 겨울에는 초록길 나무의자마다 따뜻한 방석이 놓인 적이 있었다. 헌 옷을 이용한 방석으로 네모, 동그라미 등 모양이 다양했고, 재료가 된 옷에 따라 색깔과 재질도 다 달랐다. 똑같은 방석이 하나도 없었다.

"안 입는 옷, 버릴 옷 가지고 업사이클링을 했어요. 은지 쌤이 헌 청바지 가지고 가방 만들고, 필통 만들고 그러는 걸 보고 우리도 같이 해 보자고 한 거였어요. 못 입는 티셔츠로 당시 유행하던 패브릭얀 같은 것도 해 봤고요."

운영위원들이 초록길에 주로 모이는 책샘 엄마들이고, 도서관 지킴이를 겸하면서 사부작사부작 뭔가를 같이 했다. 프랑스 자수, 뜨개질, 바느질, 찜질용 팥주머니 만들기….

은영 씨는 여기서 더 나아가 '자파리공작소'를 만들게 된다.

"바느질 모임이 자파리공작소의 시작이었어요. 초록길도서관처럼 마을에도 공유 공방 같은 게 있으면 좋겠다 생각을 한 거지요."

초록길과는 공간을 달리했지만, 사람과 사업이 서로 공유되었다. 자파리가 공간이 부족할 때는 프로그램을 초록길로 가져와 한 적도 있다.

"남선 쌤, 유미코 쌤, 은지 쌤을 꼬여서 우리 집 1층에 비어 있는 공간에서 시작했어요. 지금 생각해 보면 책임감 있는 사람에게만 같이 하자고 했던 것 같아요. 이분들은 아직도 초록길을 지키고 있잖아요."

자파리공작소는 은평 평생학습관의 다빈치 실험실이라는 지원사업에 응모해서 사업비를 받으며 활동을 안정적으로 유지해 나갔다. 코로나 시국을 보내며 자파리공작소는 문을 닫았지만 아쉬움이 남은 만큼 언제든 부활하지 않을까 싶다.

은영 씨가 초록길에서 하는 중요한 역할이 또 있다. 초록길에서 나오는 인쇄물, 즉 해마다 내는 소식지와 글쓰기 수업의 결과물을 묶은 초록길 동화집, 시집, 에세이집의 편집과 디자인을 하고 동화책 표지를 그리기도 했다. 초록길 프로그램의 웹자보며 포스터도 다 은영 씨의 손을 거친다.

"전에 편집디자인을 했던 건 아니고요, 초록길에서 처음 해 봤어요. 프로그램을 다룰 수는 있었지만 책은 처음 만들어 봤어요."

처음이라기엔 결과물의 수준이 높다는 칭찬에 은영 씨는 쑥스러워하며 이렇게 말한다.

"여기는 우쭈쭈를 아주 잘 해 주는 곳 같아요. 우쭈쭈 때문에 제 실력에 객관적일 수 없잖아요."

아이들의 행복을 엿보다

엄마가 초록길에서 자신의 역량을 확장하는 동안 아이들은 어떻게 자랐을까?

"아이가 어느 만큼 잘 자랐다고 정량화하긴 어렵지만 아이들 마음 기저에는 초록길이 확실히 있는 것 같아요. 대화를 나누다 보면 초록길에서 했던 프로그램에 대한 행복한 기억으로 살아가는 느낌이 있어요. 고향 같은 느낌이요. 아영이 또래가 제일 수혜를 많이 입은 연령대잖아요. 아영이 1학년 때 같은 1학년 아이가 여럿 있어서 걔네들 중심으로 운영되는 프로그램이 많았어요. 초등학교 4학년 초반까지 그 분위기가 이어져서 맨날 모여서 놀고, 동아리도 만들고. 또래의 다른 애들이 할 수 없는 경험을 하며 자유롭게 컸어

마을에 뿌리내리고 싶어 찾아온 초록길에서 다양한 활동으로 가지를 뻗고 있는 이은영 씨

요. 얘네들은 학원도 거의 안 다녔고 놀기 좋아했지요. 노는 걸 권장받고, 잘 놀면 칭찬받고."

은영 씨는 초록길도서관 분위기를 중요하게 꼽았다.

"여기 오면 아이들이 참 자유롭잖아요. 뭘 해도 제지하는 어른이 별로 없고요. 애들은 그런 환경에서 정말 최선을 다해 머리를 여는 것 같아요. 책 가지고 장난치면 어떤 사서분들은 기함하던데, 저는 너무 기발해서 '얘네들 천재다!' 이런 생각이 들었어요. 방에서 앉은뱅이책상 비스듬히 걸쳐 놓고 미끄럼 타고, 책상 뒤집어 놓고 방 만들고요."

정말 그랬다. 초록길에서는 책은 물론 모든 집기들이 아이들 장난감이었다. 아이들이 전화 놀이를 하고 있어서 보니 책 바코드 리더기와 전자계산기를 들고 "거기 경찰서죠?", "거기 중국집이죠?" 하며 열심히 통화하고 있었던 적도 있다. 빈 서가 칸칸이 아이들이 들어가 누워 있거나, 책 수레를 책상 삼아 책사다리에 걸터앉아 독서삼매경에 빠진 아이도 있었다. 위험하거나 남에게 해를 끼치는 일이 아니면 아이들이 자유롭게 놀도록 두고 그 발상에 감탄하는 것이 초록길 어른들의 자세였다.

자칫 무질서하게 보일 수도 있지만 아이들은 나름의 선이 있었고, 서로 배려하고 돕고 사회성을 길러 나갔다.

은영 씨는 초록길에서 가장 좋았던 프로그램으로 고길희의 놀이프로그램을 꼽았다.

"아이들의 찐행복을 볼 수 있어 좋았어요. 아이들이 고길희와 놀러 갈 때 엄마들도 따라가곤 했는데 그냥 바라보는 것만으로 저는 너무 신기했어요. 애들이 저렇게 놀 수 있구나. 비닐봉지 하나만 가지고도 저렇게 신나게 놀 수 있구나."

그 밖에도 동화책 읽어 주는 '책 읽는 금요일', 제주도로 떠난 '4.3 역사기행'을 좋은 기억으로 꼽았다. 대학에서 역사를 전공한 은영 씨가 서울로 오기 전에 4.3 역사연구소에서 근무한 인연으로 추진된 역사기행이었다. 어른들은 제주도를 관광지로만 소비하지 않겠다는 각성을 했고, 아이들은 어울려 신나게 논 행복한 여행으로 기억한다.

얻은 것, 나눌 것

은영 씨는 초록길에서 무엇을 얻었을까?

"확실히 땅에 발을 딛고 사는 것 같아요. 이웃이 생겨서 좋아요. 삶의 방식을 나누고 배울 수 있는 이웃들이 있어서 좋아요. 여기서 얻은 긍정적인 마음이 아이들에게 고스란히 전해질 수 있어서 좋아요."

은영 씨는 초록길에서 받은 것을 새로운 이들에게 돌려주지 못하는 점이 아쉽다고 했다.

"코로나 이전에는 프로그램이 다양했잖아요. 돌봄 프로그램도 있었고, 놀이 프로그램도 있었고요. 뭔가 시도하는 것이 되게 많았다고 느껴요. 저는 그게 다 좋고 행복했거든요. 지금 도서관에 오는 애들은 프로그램에 일회성으로 참여하고는 가 버려요. 아이들 간의 끈끈한 뭔가를 만들어 주지 못하는 것 같아서 그게 되게 아쉬워요. 우리 아이들이 누린 것처럼 이제 내가 애들한테 요일 정해서 요리도 하고 책도 읽고 미술도 하고 놀이 프로그램도 같이 하고 산에도 가고 이러면 좋을 텐데, 다 제 능력 밖이더라고요. 이제 다시 시작할 때가 됐는데도 아직 못 하고 있는 게 좀 아쉬워요. 운영위원 포함해서 능력 있는 주변분을 섭외해서 뭔가 봉사할 수 있게 하면 좋겠다는 생각이 들어요."

은영 씨의 이 말에 희망을 느낀다. 꼭 전문가가 있어야 하는 건 아니다. 각자 자기가 할 수 있는 일을 나누고자 하는 마음이면 된다. 초록길을 채운 즐거운 공기는 바로 이런 마음에서 나온 것이다. 내년을 기대해도 될 것 같다.

초록길 때문에 멀리 이사를 못 가요 _아이스 유미코

역촌동 횡단보도 앞에서 신호 바뀌기를 기다리며 무심히 서 있는데 누군가 인사를 건넨다. 긴 머리를 양 갈래로 묶고 전원풍의 원피스에 꽃무늬 블라우스를 입은 여인. 아이스 유미코 씨다. 골목길을 지나는데 누가 자전거를 타고 가며 "안녕하세요." 하고 인사한다. 아이스 유미코 씨다.

동네에서 자주 마주치게 되는 아이스 유미코 씨는 이름에서 느껴지듯이 일본인이다. 한국 남성과 결혼하여 2002년에 한국에 와 현재 21년째 살고 있다.

"슈퍼에 가려고 이 앞으로 지나가는데 사람들이 파티를 하고 있어요. 뭐지? 하고 들여다보니까 앞치마 입은 사람이 나와서 '들어오세요, 들어오세요.' 해요. '아니에요.' 하니까 '괜찮아요, 들어오세요.' 했어요. 아마도 오픈 파티였나 봐요."

유미코 씨가 초록길도서관에서 처음 받은 인상은 사람을 가리지 않고 환대하는 분위기였다. 타국에 와 생활하고 있는 유미코 씨에게는 이렇게 무조건 받아들여 주는 분위기가 얼마나 따듯했을지. 그날 이후 유미코 씨는 초록길도서관의 붙박이가 되어 프로그램 대부분에 참여했다.

유미코 씨가 처음 참여한 프로그램은 초밥 만들기였다. 도서관에서 요리, 그것도 신선한 생선을 취급해야 하는 생선초밥이라니, 이건 세상 어느 도서관에서도 하지 못할 일 아닌가. 2012년 10월 28일 박지현 관장의 페이스북 포스팅은 '일본에서도 못 배운 초밥 만들기 초록길에서 배웠습니다.'라며 유미코 씨의 참석을 기록하고 있다.

2014년 2월에 '내 아이를 위한 세상에 단 하나뿐인 동화책 만들기' 프로그램에도 유미코 씨는 참석했다. 동화책을 읽힐 자녀는 없지만 유미코 씨 안에 있는 아이를 불러낸 시간이었다. 유미코 씨가 쓴 동화는 〈모두가 하나〉. 양배추를 먹는 애벌레와 토끼, 농부, 땅주인이 서로 양배추가 자신의 소유라며 다투지만, 지구라는 땅 안에서 결국 모두가 하나

일본에서도 못 배운 초밥을 한국 도서관에서 배웠다는 유미코 씨

라는 메시지를 담은 동화다.

"일본에 살 때 그림책을 좋아해서 조금 배운 적이 있어요. 전문적으로 한 건 아니고요."

크레파스로 거침없이 그린 그림에는 조금은 얄미운 토끼와 황당해하는 농부, 거만한 땅주인의 표정이 잘 나타나 있다. 모든 생명이 이어져 있다는 메시지 안에는 국적과 언어에 따라 사람을 가르지 말았으면 하는 바람까지도 포함되었으리라 짐작해 본다.

유미코 씨는 초록길에서 활동하면서 좋았던 점을 이렇게 이야기한다.

"초록길 오기 전에 다른 데서 만난 한국 사람들과는 깊은 이야기를 하지 못하고, 가까워지기도 어려웠어요. 알고 지내는 한국분이 있는데, 모여서 이야기할 때 제가 가면 '홋카이도에 갔는데 좋아요.' 이렇게 일본 이야기로 화제를 바꿔요. 하던 이야기 그대로 해도 되는데 저한테 맞추려고 해요. 그래서 어디에서도 기분 좋게 사이좋게 지내기가 조금 어려운 부분이 있었어요."

유미코 씨는 초록길 독서 동아리인 책샘에 참여하면서 대화와 관계에 대한 갈증을 푼 것 같다.

"책샘은 책을 읽고 자기 이야기를 나누잖아요. '나는 전에 이런 이야기가 있었어, 저런 이야기가 있었어.' 그 말을 들으면 '아, 그분이 이런 생각을 하는구나.' 알고, 저도 생각하는 것을 말하고요. 눈물을 흘리는 사람도 있었고, 저도 눈물이 나올 때도 있었고. 한국 사람 일본 사람 그거 관계없이 익숙하다, 친숙하다? 뭐라고 하나? 그런 느낌이 왔어요."

적당한 낱말을 고르려 애쓰는 유미코 씨를 가만히 지켜보았다. 우리는 다르지 않다. 우리는 같은 것을 느끼며 눈물 흘리며 공감하는 존재들이다. 그런 생각이었을까?

유미코 씨는 이제 책샘에는 나오지 않는다. 그림책 읽기로 시작한 책샘이 차차 소설과 인문서로 독서 목록을 넓혀 가면서 유미코 씨에게는 책 읽기가 버거워진 것이다. 하지만 책샘으로 굳건해진 관계는 유미코 씨에게 든든히 기댈 언덕이 되었다.

"뭐 물어볼 거 있으면 초록길에 와요. 좀 가르쳐 주세요. 문장 조금 이상하지 않아요? 초록길에는 언제나 아는 얼굴이 있고, 물으면 친절하게 알려 주서요."

유미코 씨는 일주일에 5일은 초록길에 나온다. 프로그램 참여는 물론 일본어 수업을 초록길에서 하기 때문이다.

유미코 씨는 초록길에 오기 전 일본어 강사로 일한 적이 있다. 서대문구에 살 때 주민센터에서 강의했고, 일본어 학원에서도 강사로 일했다.

"학원에서는 한국말을 안 해도 되니까 한국말 못 해도 괜찮았어요. 주민센터에서는 한국말을 많이 해야 하는 부분이 있어서 좀 힘들었어요. 좀 이상하게 한국말을 하지만 초록길에서는 괜찮아요."

초록길도서관 송년회 때 유미코 씨는 윤성화, 김은경 두 운영위원과 함께 그림책을 일본어, 중국어, 한국어 3개 국어로 읽어 준 적이 있다. 뜻은 몰라도 일본어와 중국어의 억양과 소리가 참 좋다고 느꼈다.

유미코 씨가 일본어 수업을 가미시바이紙芝居로 한 적이 있다. 가미시바이는 나무로 집 모양을 만들고 그 안에 간단한 글과 그림을 적은 종이를 넣어 읽어 주는 것인데, 연극 같은 느낌이 있어서 그림책을 읽어 주는 것과는 좀 다른 재미가 있다. 은평작은도서관축제를 할 때면 초록길도서관이 중요한 아이템으로 들고 나가는 것이 큰그림책 읽어 주기다. 넓은 공간에서 여러 명에게 그림을 보여 주려다 보니 사이즈가 크다. 큰그림책을 끼우는 틀을 만들 때 유미코 씨의 가미시바이를 빌려서 참고하였다. 초록길의 큰그림책 읽어 주기는 유미코 씨에게 배운 것이라고 할 수 있다.

유미코 씨는 서대문구에 살다가 은평으로 이사를 왔다. 처음에는 계약 기간 끝나면 서대문구로 돌아갈 생각이었다. 그런데 이사를 두 번이나 더 하면서도 은평구를 아니 초록길도서관 근처를 떠나지 않고 있다. 이사 갈 집을 알아보러 부동산에 갈 때면 유미코 씨는 초록길도서관 근처로 알아봐 달라고 한단다.

유미코 씨가 바라는 초록길의 미래는 어떤 모습일까?

"언제까지 할 수 있을지 모르겠지만 제가 일본어를 가르칠 실력이 점점 더 높아져서 그걸로도 사람들하고 어울리고 싶어요. 초록길에서 여러 이벤트를 같이 하고, 제가 해 줄 수 있는 이벤트가 있으면 하고 싶어요. 도서관이 언제까지 계속 있을 수 있게 힘을 보태고 싶습니다."

아이
잘 키우러 와서
내가 자랐다 _허남선

오후 5시쯤이면 아이를 데리고 매일 초록길에 들르는 엄마
가 있었다.

"시우야, 선생님한테 인사해야지."

"안녕하세요."

엄마의 말에 아이는 90도로 허리를 접으며 배꼽 인사를
한다.

아이와 엄마는 그림책방으로 들어가서 도서관이 문을 닫
는 6시까지 책을 읽었다.

"아이를 기다리는데 안 생겨서 거의 포기하고 있었어요.
남편과 둘이, 그때 강아지를 기르고 있어서 셋이서 잘 살자
했는데 은평구로 이사 와서 시우가 생겼어요."

어느 아이인들 귀하지 않으랴만 시우 엄마 허남선 씨에게
는 시우가 정말 특별하고 소중한 아이였다. 그러나 직장에
다니고 있었기 때문에 백일 넘긴 아이를 어린이집에 보내야
만 했다.

"아침에 데려다주고 저녁에 데려오니까 아이 돌봐 주지도
못하고 속상했지요. 아이가 처음 뒤집기를 하는 것도 못 봤
어요. 어린이집에서 아이를 키워 줬다고 봐야지요."

2015년, 시우가 네 살 때 직장을 잠시 쉬었다. 일요일이
면 유아차에 시우를 앉히고 문 닫힌 초록길 앞을 지나면서
언젠가 저길 가 봐야지 생각만 했는데 이제 문을 열고 들어
갈 수 있게 되었다.

"엄마로서 잘해 주고 싶은 마음을 책 읽어 주는 걸로 풀었
어요."

아이를 어린이집에서 데려오면서 초록길에 들러 책을 읽
어 주는 것이 매일의 루틴이었다. 또 책을 빌려 가서 집에서
도 읽어 주었다.

"그때 은하 쌤이 도서관에서 상근하고 있었는데 조용히
다가와서 '이런 거 있는데 해 보실래요?' 하고 권하는 거예

요. 그래서 시작한 게 책샘이에요."

책과 대화가 준 풍요

모여서 책 얘기하다가 남아서 얘기를 더 이어가게 되고, 밖에서 어울려 커피도 마시고 하다 보니 초록길에 눌러앉게 되었다.

"성화 쌤이나 은영 쌤이나 지적 수준이 높아요. 그래서 많이 배우고 있어요. 내가 부족하다 생각하고 잘 모르는 건 다 물어보지요."

남선 씨는 초록길에서 한 활동 중에 책샘을 가장 중요하게 생각한다. 책샘 멤버 중에 아이가 가장 어리다 보니 육아 상담부터, 건강을 챙기는 뒷산 오르기, 전시회 다니는 문화생활도 함께한다. 든든한 동네 친구들까지 생긴 것이다.

남선 씨는 사회복지사 자격증을 따기 위해 공부하고 있다. 그래서 오전 시간에 모이는 책샘에 한동안 나올 수가 없었다.

"시간이 안 돼서 못 하는데 허전하더라구요. 여러 이유가 있겠지만 사람들 못 만나고 책 모임 못 하는 아쉬움이 크지 않았을까 싶어요."

사회복지사 실습을 초록길 근처에서 하게 되면서 책샘을 저녁으로 옮기면 안 되겠는지 물었고, 멤버들이 흔쾌히 모임 시간을 옮겨 주었다. 그래서 한 달 동안은 저녁에 책샘 모임을 했다. 책과 대화의 결핍이 불러온 허전함이 책샘 멤버들의 배려로 채워졌다.

남선 씨는 기본적으로 책을 좋아하는 사람 같다. 아이에게 잘해 주는 방법으로 책 읽기를 제일 먼저 꼽는 걸 보면.

"젊었을 때도 책은 많이 읽었어요. 근데 나이 들어서 다시 읽으니까 새롭게 보이는 게 있어요. 《젊은 베르테르의 슬픔》을 책샘에서 다시 읽었는데, 옛날엔 글씨만 읽었구나 싶어요. 지금도 어렵긴 하지만 전에 못 보던 게 보여요. 재미있기도 하고 배우는 것도 있고요. 책 모임에서 정말 많이 배웠어요. 두꺼운 책은 엄두를 못 냈는데 책샘에서 같이 읽으니까 다 읽게 되더라구요. 《총 균 쇠》도 두께에 압도돼 도저히 못 읽겠다 싶었는데 조금씩 읽다 보니까 다 읽었어요. 그래서 이제 어떤 책이든 읽을 수 있는 자신감이 생겼어요. 책에서 배우고 책과 연관되어 살아가는 얘기도 같이 하니까 정말 얻는 게 많아요. 책을 온전히 이해하지는 못하더라도 조금이라도 얻어가는 게 있으면 됐다고 생각하니까 마음이 편하고, 같이 하는 사람들도 편안해요. 아이를 생각해서 도서관에 오기 시작했지만 결국은 저를 위한 일이 되었어요."

자신을 위한 의미를 찾다

책 읽기가 글쓰기로 이어지는 일도 많은데 남선 씨 경우는 어떨까? 남선 씨는 2019년 시쓰기 강좌에 참가하여 몇 편의 시를 썼고 그 시가 초록길 시집 《시 읽는 마을》에 실려 있다.

"신청자가 없다고 운영위원들이 들어오라 해서 간 거예요. 해 보니까 새로운 경험이구나 싶어요. 전 같으면 '싫어, 안 해.' 했을 텐데, 이제 '참가하는 데 의의를 두자, 나름의 즐거움이 있겠지.' 하고 생각의 방향을 바꿨어요."

몇 년째 운영위원으로 활동하면서 사고의 방향도 바뀌었다. '누군가는 해야 하니 내가 하겠다.'라는 마음. 이런 자발성이 생기는 건 자신감일까? 남선 씨는 맞다고 했다. 그리고 운영위원으로써 내 역할을 하자는 책임감.

남선 씨가 운영위원으로 활동하던 초기에는 남편의 반대
도 좀 있었다. 운영위원을 그만두길 바랐는데 결국은 남편
쪽에서 못 말리겠구나 하고 포기한 상황이다.

"집안일을 야무지게 하고 다니지를 못했으니까요. 그리
고 애를 잘 챙기는 편도 아니고. 나중에 보니까 애가 많이
뒷전이 됐더라고요. 엄마 산에 가야 하니까 어린이집 좀 일
찍 가자. 엄마 오늘 책 읽어야 하니까 너 혼자 자라. 이런 식
으로요."

도서관에 오는 대부분의 엄마들이 남선 씨처럼 아이에게
책을 읽히거나 프로그램에 참여시키기 위해서 온다. 아이
만을 생각하고 온 엄마들은 아이가 어느 정도 자라면 더는
도서관에 오지 않게 된다. 초록길에서 자신이 성장하는 사
람의 경우 아이가 중학생, 고등학생이 되어도 꾸준히 활동
을 이어간다. 자식도 소중하지만 거기서 그치지 않고 자신
을 위한 의미를 이곳에서 찾아낸 사람들 중 하나가 남선 씨
인 것이다.

허남선 씨가 초록길에 찾아온 어린이집 아이들에게 큰그림책을 읽어 주고 있다.

엄마의 뒷모습을 보며 자라는 아이

엄마는 나름 성장을 했는데 시우도 잘 자랐을까?

"네. 그런 것 같아요. 아이에게 크게 욕심을 안 부리기 때문에 이 정도면 됐다고 생각해요. 시우는 책을 아주 좋아하는 것 같진 않지만 읽으라고 하면 잘 읽는 편이에요. 요즘은 바빠서 잘 못 챙기지만 작년까지도 책을 2~3일에 한 번씩은 읽어 주었어요. 시우가 《푸른 사자 와니니》를 좋아해서 3권짜리를 다 읽어 주었는데 또 읽어 달라는 거예요. 그래서 또 읽어 주었어요. 4권이 나왔을 때 사 줬더니 전 권을 학교에 가져가서 한 번 더 읽었더라고요."

스스로 글을 읽을 줄 아는 아이에게 책을 읽어 주는 이유를 물어 보았다.

"초등학교 5학년 때 담임선생님이 책을 읽어 주셨어요. 《키다리 아저씨》하고 《비밀의 화원》을 읽어 주셨는데 열심히 들었어요. 너무 좋아서 이 두 책은 다시 안 읽었어요. 좋았던 기억으로 간직하고 싶어서요. 책에 대해 좋았던 기억이 애한테도 남을 수 있겠다 싶어서 꾸준히 읽어 주었어요."

학교에서 일주일에 책 3권 읽고 독서록을 기록하는 숙제가 있는데 시우는 그것 말고는 스스로 책을 찾아 읽진 않는다. 하지만 시우는 책 읽는 엄마의 모습을 지켜보고 있다. 아이는 부모의 뒷모습을 보면서 큰다는 말도 있지 않은가.

"내가 책을 읽고 있으면 지나가면서 쓱 봐요. 《총 균 쇠》읽을 때 와서 무슨 책이냐고 묻고 작가 소개도 읽어 보더라고요. 책에 관심 없는 것 같아도 슬쩍슬쩍 봐요. 엄마가 저렇게 두꺼운 책도 읽는구나 생각해서인지 책 읽으라고 하면 투덜거리지 않아요."

책과 친해진다. 이거야말로 도서관에서 얻을 수 있는 가장 큰 덕목이지 싶다.

초록길에서 벌어진 수많은 활동 중에 가장 좋았던 것으로 남선 씨는 작가와의 만남을 꼽았다.

"책으로만 보던 작가님들이 와서 강의해 주시니 우리 도서관에 자부심이 생겼어요. 작가님들 책 찾아서 미리 읽고 만나서 이야기 듣는 게 정말 좋았어요."

더 하고 싶은 일로는 초록길 여행을 꼽았다.

"권정생 선생님 동화 읽고 안동 갔던 걸 다른 분들이 많이 애기하는데 저는 그때 초록길 오기 전이라 못 갔거든요. 제주로 4.3 역사기행 갔을 때 시우가 참 좋아했어요. 요즘 책 샘에서 《나의 문화유산답사기》 읽으면서 여행 가고 싶다는 생각을 많이 해요. 전에 《열하일기》 읽을 때도 중국에 가 보고 싶었어요. 영국 기자 팀 마샬이 쓴 《지리의 힘》도 1, 2권 다 읽었는데 스페인 얘기 나올 때 가고 싶더라고요."

교양과 지식뿐 아니라 여행의 꿈도 심어주는 책샘이다. 남선 씨는 여행 얘기를 하는 척하면서 또 책 얘기를 하고 있다.

초록길의 미래에 대해 이야기하며 남선 씨는 함께 할 사람이 더 있기를 바랐다. 아무리 좋은 시설이며 프로그램이어도 함께 할 사람이 없으면 무슨 소용일까?

하지만 남선 씨처럼 함께 하며 배우고 성장하는 즐거움을 아는 사람들이 기둥처럼 버텨 주고 있으니 그 아늑한 기둥 사이로 감염된 사람들이 모여들지 않을까 싶다.

초록길은
추억이 가득한
마음의 집 _김시현, 정예지, 현아영

저녁 시간에 초록길도서관에서 '오롯이 책읽는 1시간' 프로그램을 하고 있을 때였다. 한 달에 한 번 열리는, 도서관이 문 닫는 밤 시간에 조용히 책을 읽는 프로그램인데 시작한 지 두 달째라 참가자가 많지 않았다. 타이머를 60분으로 맞추고 책을 읽고 있는데 누군가 문을 열고 들어왔다. 새로운 참가자인가 싶어 기대에 차서 쳐다보는데 문 가까이 앉아 있던 관장님이 "어머, 아영아!" 하고 외쳤다.

훌쩍 커 버린, 청소년이 된 아영이였다.

집에 가는 길인데 버스를 잘못 내려서 걸어가다가 도서관에 불이 켜진 것을 보고, 게다가 낯익은 얼굴들이 있어 들어왔다는 것이다. 아영이는 우리와 이야기를 주고받다가 갔다.

나는 아영이의 등장이 참 기뻤다. 사춘기 청소년이 스스럼없이 들어와서 안부를 주고받을 만큼 초록길도서관이 편안하구나, 내 집 같은 곳이구나 싶었다.

아영이와 함께 도서관에 다니던 다른 아이들은 어떻게 지내고 있을까 궁금해졌다.

초록길도서관은 아이들이 당당한 주인이었다. 절대 어른의 뒷전인 적이 없었다. 작가와의 대화 때면 맨 앞자리에 앉아서 경청했고, 궁금한 것은 주저 없이 물었다. 송년회 때도 아이들은 열심히 준비해 와서 재주를 뽐냈다. 미리 준비하지 않은 아이라도 흥에 겨우면 즉석에서 춤을 추었다. 도서관 12년을 돌아보는 자리에도 앞자리는 아이들 차지여야 맞지 않을까. 그래서 가장 열심히 도서관을 드나들었으며 연락이 닿는 아이들을 불러 모았다.

예지, 아영이, 시현이를 만난 것은 토요일 저녁 8시였다. 짧아진 해가 지고 보름 앞둔 달이 둥실 떠올라 한밤중 같은 느낌이 드는 시간이었다.

시현이가 먼저 왔다. 아기곰처럼 동글동글 귀엽던 시현이는 쭉쭉 잡아 늘인 것처럼 키가 훌쩍 크고 얼굴도 갸름해졌다. 시현이가 아니라 시현이 형이 온 것 같았다.

이어서 예지가 왔다. 예지는 부끄럼을 타는지 어쩔 줄 몰라 하더니 전화를 하며 밖으로 나갔다. 금방 안 들어오는 걸로 보아 통화 때문이 아니라 어색함 때문인 것 같았다. 예지가 이럴 줄은 정말 몰랐다. 우리 사이에 내외를 하다니. 늘 당당했고, 내가 '책 읽는 금요일'을 할 때도 하고 싶은 말 스스럼없이 다 했는데 말이다. 아닌가? 거침없어 보이는 겉모습 안에는 수줍음이 있었는지도 모르겠다.

곧 아영이가 넉살 좋은 웃음을 지으며 들어왔다. 아영이에게 밖에서 예지 언니를 찾아 오라고 했다. 예지는 고등학교 1학년, 시현이와 아영이는 중학교 2학년이다.

요즘 어떻게 지내?

우선 예지에게 근황을 물었다.

"시험 끝나서 학교 축제 준비하고 있어요. 친구들하고 춤 연습하고, 노래 연습해요. 노래는 둘이서, 춤은 네다섯 명이 해요. 노래는 엑소의 〈첫 눈〉, 춤은 포미닛의 〈미쳐〉, 빅뱅의 〈판타스틱 베이비〉, 지코의 〈유레카〉요. 연습한다고 다

학교 축제 무대에 서는 건 아니고요, 먼저 오디션을 통과해
야 해요."

예지는 초록길에서도 춤을 열심히 추는 아이였다. 한 학
년 위의 언니 미주, 친구 은채, 그리고 두 학년 아래 동생들
지영, 명주, 찬미와 함께 드림걸즈를 결성했다. 미주와 예지
가 주축이 되어 안무를 짜고, 연습했다. 멤버 한 명이 더 필
요해서 오디션을 통해 선발한 적이 있었다. 도서관 한쪽으
로 책상을 밀어 놓고 오디션장을 만들었다. 모든 멤버가 심
사지를 놓고 한 명 한 명 춤을 평가했다. 특히 동생들의 춤
을 심사하는 언니들의 눈이 예리했다.

여자아이들은 드림걸즈에 들어가기 위해 열심히 연습했
고, 오디션 당일에 희비가 엇갈렸다. 떨어져서 우는 아이도
있어 보는 어른들은 마음이 아팠다. 다 같이 하면 안 되나
생각했지만 아이들이 스스로 규정을 만들고 공정하게 심사
해 함께 할 멤버를 선발하는 것이라 말을 보탤 수가 없었다.

드림걸즈는 송년회 등 초록길도서관 행사는 물론 작은도
서관협의회 축제 무대에 섰다. 이웃 역촌노인복지관에서
공연하고 세뱃돈을 받은 적도 있다.

초록길도서관 소식지 인터뷰 글에서 예지는 드림걸즈로 〈K팝스타〉 나가는 게 꿈이라고 했는데 고등학생인 지금도 장래희망이 노래나 춤일까?

"아니요. 공대 쪽으로 가고 싶어요. 컴퓨터공학이요."

시현이가 어떻게 지내는지 물었다.

"국립전통예술중학교에서 해금을 전공하고 있어요. 학교가 금천구에 있는데 대중교통을 이용해서 통학해요. 해금 말고도 취미로 피아노도 하고 기타도 하고 초록길도서관에서 배우던 중국어도 계속하고 있어요."

시현이가 해금을 시작하게 된 것은 엄마 김은지 씨의 영향이 크다.

"엄마가 취미로 해금 배우러 다닐 때 따라다녔어요. 엄마가 하는 것 보는데 신기해서 저도 해 보고 싶었어요. 그래서 배우게 됐는데 선생님께서 잘하는 것 같다고 중학교도 그쪽으로 해 보라고 권해 주셨어요."

시현이는 손가락에 생긴 굳은살을 보여 주었다.

시현이와 아영이가 초등학교 1학년 때 마주이야기했던 글이 초록길 5주년 소식지에 실려 있다. 그때 시현이는 제

빵사나 식당 요리사가 되고 싶다고 했는데 지금 해금을 전공한다. 뛰어다니는 운동 같은 건 싫다고 한 아영이는 초등학교 4학년 때부터 농구선수로 활동 중이다.

"훈련하고 시합장 가고 그렇게 지내요. 포지션은 센터에요. 팀에서 키가 제일 큰 애들이 하는 건데, 골대 밑에서 몸싸움하며 가드 애들이 패스해 주는 것 집어넣는 역할이요. 리바운드도 하고, 점프도 하고."

초등학생 때 아영이는 활동적인 성격은 아니었다. 또래 여자아이들이 드림걸즈 오디션을 준비할 때도 아영이는 참가하지 않았다. 그렇지만 배제되지 않고 팀의 매니저를 맡아 함께 했다. 매니저란 연습할 때 음악 틀어 주기, 마실 물 떠다 주기, 춤추는 동안 벗어 놓은 외투 챙기기 같은 일을 한다고 소식지에 나와 있다.

직접 나서기보다는 뒤에서 조용히 자리를 채우던 아영이가 농구선수로 활약하고 있다니 상상도 못 한 일이었다.

"나도 운동선수가 될 줄은 몰랐어요."

아영이는 몰랐던 일을 예지는 짐작했다고 한다.

"전 알았어요. 아영이는 운동 아니면 모델일 거라고 생각했는데 모델은 못할 것 같고 운동이지 않을까 생각했어요."

예지는 아영이 키가 180센티미터를 넘어설 때 그런 생각을 했다고 한다.

운동선수 생활이 육체적으로 힘들고 시합에서 긴장감도 클 텐데 아영이는 괜찮을까?

"힘들긴 한데 재미있어요. 하루 서너 시간씩 훈련해요. 매일 달리는 것은 기본이고, 패스하고 레이업 기본 하고요. 이번 달까지만 조금 놀고 다음 달부터는 동계 훈련 들어가요."

아영이는 팀에 실력 있는 선수들이 있으므로 다음 시합에서는 우승할 것이라고 자신감을 내비쳤다.

기억에 남는 일이 있니?

이렇게 훌쩍 자란 세 아이에게 초록길에서 기억에 남는 일이 무엇인지 물어봤다.

"도서관에서 1박2일 했던 거요. 많은 인원이 모여서, 친한 애들끼리 놀고 같이 밥 먹고 같은 공간에서 자고 일어나서 또 밥 먹고 하는 게 좋았어요."

예지의 말에 아영이도 기억을 보탰다.

"그때 정말 웃겼던 게 밤에 자는 동안 얼굴에 낙서했잖아. 명주였나? 두 명한테 했는데. 예지 언니 얼굴에 낙서한 것 안 지워졌잖아."

"그래, 걔가 그랬을 줄 알았어."

시현이는 어땠을까? 시현이는 말이 없는 아이였다. 큰 소리를 내는 일 없이 순둥순둥하게 아이들과 어울렸다.

"재미있었어요. 학교 끝나고 도서관에 와서 있는 것도 재미있고, 활동 같은 것도요. 과학실험도 하고요. 재미있었어요."

시현이는 도서관에서 하는 프로그램에 거의 다 참석했다. 그건 아영이나 예지도 마찬가지였다. 엄마 은지 씨가 선생님이 되어 수업한 '민화동동'은 시현이에게 남다른 느낌이었을까?

"엄마가 선생님이고 하니까 어색한 느낌도 있었어요."

초록길에 늘 와서 있는 아이 중에는 시현이 또래 남자아이가 없었다. 시현이는 누구랑 친했을까?

"같은 학년 여자아이들이요. 찬미, 아영이, 지영이 다 친했어요."

시현이는 책 읽어 주고 독후 활동으로 시를 쓰게 하면 곧잘 썼다. 초록길에서 펴낸 시집에도 시현이의 시가 실려 있다.

아영이는 놀았던 기억이 가장 좋았다고 한다.

"학교 끝나고 갈 데 없어서 심심해하다가 초록길 오면 애들이 있어서 매일 왔어요. 자전거 타고 동네 돌다가 구산동까지 가고, 집에 놀러 가면서 재미있게 놀았어요. 동아리 만들어서 놀고요. 만화 동아리, 액체 괴물 동아리 등 많았어요."

아이들끼리 리코더 동아리를 만들어서 서로 배운 적도 있다. 민중이와 예지가 가르쳤는데, 예지는 동생들에게 배운 부분을 연습해 오라 하고 잘하는지 검사도 했다.

초록길에서 얻은 게 있니?

청소년이 된 이 아이들에게 초록길에서 지낸 시간이 현재의 삶에 어떤 영향을 주고 있을지 궁금했다.

"그때 원 없이 놀아서 지금 노는 것에 미련이 많이 없어요. 친구를 많이 사귀어서 인간관계에 도움이 되는 것 같아요."

예지는 이렇게 이야기했다.

여러 아이가 모이다 보니 갈등이 생기기도 했다. 성격이 강한 아이가 상황을 주도하려고 할 때가 있었다. 하지만 아이들은 잘 조율하면서 지내는 것 같았다. "아휴, 우리가 언제까지 쟤한테 맞춰 줘야 하니?" 하며 뒤에서 투덜대기도 했지만, 누구 하나 빠지면 덜 재미있다는 걸 알기 때문에 선을 지키며 충돌을 피하는 눈치였다. 이런 과정에서 사회성이 발달하지 않았을까 싶다.

시현이는 이렇게 말했다.

"어릴 때 맨날 오고 그랬으니까 초록길이 집 같은 느낌이 들어요. 중학교 올라오면 어릴 때 할 수 있는 것을 못 할 때가 많잖아요. 되게 좋은 기억이에요."

"우리가 동아리 만들어서 같이 할 사람 모으고 시간 정해서 했어요. 책임감 성실함 같은 좋은 점을 배운 것 같아요."

아영이가 말했다.

초록길에서 매일 만나 함께 놀던 그 애들이 여전히 만나는지 궁금했다.

"찬미는 인스타 팔로우 되어 있고 지영이도 인스타 있는

아영이, 예지, 시현이의 과거와 현재 모습

데 딱히 뭘 안 올려요."

SNS로 연결되어 있긴 하지만 근황은 잘 모르는 눈치였다.

나중에 아이들 인스타그램 계정을 찾아봤다. 한 명을 찾으니 자기들끼리 팔로우를 하고 있어 모두 찾을 수 있었다. 예지, 아영이, 시현이는 물론 찬미와 지영이, 그 밖에도 초록길에서 활동하던 아이들 계정이 다 있다. 하지만 전부 포스팅은 0이다. 아이들 모두 SNS보다는 현재 삶에 더 충실하구나.

"초록길 밴드 그린웨이에서 건반을 하고 있어요. 오늘도 신나는애프터센터 밴드실에서 연습했는데 하린이랑 윤지랑 지성이도 같이 했어요."

시현이도 딱히 만나는 애는 없다고 했지만 밴드 활동을 초록길 아이들과 함께 하고 있었다.

예지는 길에서 초록길 아이들을 만나면 좀 어색하다고 했다. 하지만 예지 엄마 성화 씨에게 듣기로는 같은 재단의 중·고등학교를 다니는 예지와 아영이가 자주 만난다고 했다.

수업 많은 고등학생에 운동하느라 바쁜 아영이가 어떻게든 시간을 내어 수다와 공부를 같이 한다고 했다. 어린 시절을 함께 보낸 친밀감이 이 둘을 묶어 주는 것 같다.

초록길 5주년 소식지에 실린 아영이와 시현이의 마주이야기는 초록길도서관이 어떤 곳인지 대답하는 것으로 끝난다.

아영이는 '친구들과 우정을 쌓는 곳', 시현이는 '절대 없으면 안 되는 곳'이라고 했다.

세 아이에게 다시 물어보았다.

아영이는 '옛날 아지트', 시현이는 '추억이 있는 곳', 예지는 '마음의 집'이란다.

그렇구나, 너희에게 초록길은 그런 곳이구나.

인터뷰를 마친 아이들은 선뜻 집으로 돌아가지 않고, 좀 있다가 가면 안 되겠냐고 했다. 그림책방으로 들어간 아영이가 소리를 지른다.

"아, 이거 아직도 있네. 벽에 구멍 뚫린 거!"

바다로 간 코끼리 _박종원

제주 생활, 아빠 생활

고길희가 초록길에 오면 눈보다 귀가 먼저 알게 된다.

"고기!" 하고 외치는 아이들 소리 때문이다. 아이들의 인기를 한 몸에 받던 놀이 선생님, 놀이 삼촌, 아니 그냥 고기는 초록길이 있는 서울을 떠나 제주에 자리 잡았다. 고래 아가씨와 결혼했고 지금 세 살짜리 아기 민겸이의 아빠가 되어 있다.

추석 연휴에 처가에 다니러 온 고길희 박종원을 초록길도서관에서 만났다.

고길희는 제주에서 여전히 아이들을 만나 함께 노는 일을 하고 있었다.

"틈새돌봄이라고 하지요. 일주일에 한 번 학교와 방과후 사이에 잠깐 아이들을 만나서 꼼지락꼼지락 놀고요. 한 달에 한 번 만나 노는 아이들도 있어요. 제주시 원도심 활성화를 위한 프로그램인데요. 거기서 아이들과 '놀이채집'을 해요."

제주 아이들이 부러워진다. 초록길의 복을 그 애들이 가져간 것만 같다.

"서울에 있을 때 하지 못했던 건데 발달장애 아동의 가족과 함께 프로그램을 해요. 저에게는 아주 특별한 활동이에요."

고길희가 제주에 간 것은 아내의 직장 때문이었다. 우리에게는 늘 여행 가고 싶은 제주지만 거기서 사는 삶은 어떨까.

"일단 제 성향에 맞는 것 같아요. 멀리 떨어져 있으니 혼자 지낼 수 있는 시간도 생기고 그러다 또 누군가 만나고 싶거나 활동을 하고 싶으면 할 기회도 있고요. 그런 삶의 형태가 제게 맞는 것 같아요."

고길희가 이제 아빠가 되었는데 아이들을 대할 때 전과 달라진 것은 없는지 궁금했다.

제주에서 보내 온 고길희 가족의 새해 인사

"아이들보다도 어른을 보는 눈이 달라졌어요. 내가 초록길에 오는 엄마 아빠들께 좀 까불었구나. 저는 애들을 많이 놀 수 있게, 자유롭게 해 줘야 한다고 생각하며 일했잖아요. 때로 어른들의 어떤 모습이 안 좋게 느껴질 때가 있었어요. 근데 지금은 어른들이 충분히 그럴 수 있다고 생각해요. 나는 잠깐씩 아이들과 놀아 주지만 부모님들은 챙기고 먹이고 가르치고 놀아 주고 그럴 거 아니에요. 진짜 대단한 분들인데 제가 잘 알지도 못하면서 이렇게 놀아야 한다느니 애들은 이렇게 대해야 한다느니 막 그런 생각을 했어요. 그게 제일 먼저 생각나요."

혹시 고길희가 다른 어른들의 영향을 받아 조기교육한다면서 민겸이를 막 공부시키고 그러는 건 아닐까?

"그러진 않죠. 남의 애 보듯이 내 애를 보고, 내 애 보듯이 남의 애를 봐 주면 되게 평화로울 것 같아요. 근데 막상 제 애를 키우다 보니 남의 애 보듯이 안 되더라구요. 이건 해야 한다, 이건 하지 말아야 한다는 생각을 내려놓고, 좀 못 본 척도 하고 왜 저러는지 이유도 좀 생각하고. 다른 집 애한테는 그렇게 할 수 있잖아요. 근데 내 애한테는 그게 안 돼요.

초록길에 있을 때는 제가 잔소리하는 역할을 할 때만 뭐라고 하지, 놀 때는 봐도 못 본 척하고 애들 싸우면 '쟤네 싸운다. 구경하자.' 그랬지요. 근데 자기 아이한테는 절대 그럴 수 없다는 걸 애 키우면서 알게 되었어요."

내가 고길희한테 놀라웠던 점도 그것이었다. 아이들이 놀다가 싸우니까 다른 아이들이 방에 있던 고길희를 불렀다. 좀 말려 줬으면 싶어서. 고길희가 보더니 '야, 너네 싸우냐? 맘대로 해. 난 들어가 잘 거야.' 하고 핏대를 세우고는 다시 방으로 들어가 버렸고, 싸우던 애들도 흐지부지 싸움을 멈췄다. 어른이 개입하는 게 아니라 싸울 이유가 있으면 싸우고 화해나 정리도 알아서 하라고 믿고 맡긴 것이다.

고길희가 자신의 아이와는 어떻게 놀아 줄지 궁금했다. 초록길 아이들과는 온갖 기발한 걸 다 하면서 놀았으니까 아들과의 놀이도 뭔가 다를 것 같다.

"놀이를 다른 애들보다는 빨리 접할 거예요. 제 직업이 그거니까요. 아이가 요즘 가장 재밌어하는 것 중 하나는 박스 미끄럼이에요. 의자나 소파에 앉아서 다리를 뻗고 박스를 제 무릎에다 깔아 놓고 그 위에서 미끄럼 태워 주면 참 좋아해요. '미끄럼 탈까?' 이러면서 아이가 박스를 들고 오기도 하고요. 아이가 아직 어리니까 할 수 있는 놀이지요."

고무신학교에서 골목으로

고길희는 어쩌다가 놀이 선생님이 된 것일까?

고길희가 놀이를 배운 곳은 고무신학교였다. 어린이들 놀이 프로그램, 어린이 산골 캠프 같은 것을 기획하고 진행하는 곳이다.

"대학생 때 우리궁궐길라잡이라고 궁궐 안내하는 자원봉사를 했어요. 거기서 만난 분이 고무신학교에 계신 쌤이었어요. 저에게 아르바이트하러 고무신학교 오라고 해서 보조 스태프로 갔어요. 방학 때마다 아이들 산골 캠프를 따라갔는데 너무 재미있게 노는 거예요. 저도 이제 아이들 만나는 일을 해야겠다 생각하고 그 얘기를 고무신학교 쌤한테 했더니 학교 졸업하고 고무신학교에 들어오면 어떻겠냐고 제안해 주셔서 그렇게 취업한 거지요."

그게 2010년이었다. 나무로 장난감 만들어 노는 것은 다 고무신학교에서 배웠다.

"저는 운이 좋았던 것 같아요. 실력이 있고 뜻을 가지고 활동하는 분들을 만나서 여기까지 잘 온 거죠."

고무신학교에 몇 년 있으면서 초보가 갖는 조급함이 생겼다. 나는 왜 저렇게 안 될까 회의도 들었다. 그리고 언젠가 독립할 걸 염두에 두고 준비해야 한다는 마음도 들었다. 그래서 고무신학교를 쉬다가 초록길에 흘러들게 되었다.

고길희가 온 뒤로 초록길의 행복지수가 천장을 뚫고 올라갈 정도로 높아졌다. 아이들은 물론 보는 어른들까지도 즐거웠다.

박지현 관장은 농담 반, 진담 반으로 말한다. 밥해 주고 차로 실어 나르고 일은 내가 다 하는데 애들이 고길희만 좋아한다고.

"저는 되게 고맙고 운이 좋았다고 생각해요. 초록길에서 저는 프로그램 짜고 운영만 하면 나머지는 관장님과 운영위원들이 다 해 주셨어요. 먹을 거며, 잠자리며. 다른 데라면 어림없겠죠. 여기였으니까 가능한 일이었어요."

초록길에서는 아이들 놀이 프로그램이 아쉬웠고, 잘 꾸려 가려는 의지가 있어서 고길희를 낚아챘지만 고길희는 초록길에 어떤 마음으로 결합했을까.

"일이니까 열심히 해야겠다, 이런 생각이 늘 있었고요. 초록길에 오면 재밌었던 것 같아요. 마음 편하고요. 아무리 놀이여도 보수를 받고 일하러 가면 늘 부담되지요. 평가도 염두에 두어야 하고요. 그래서 다른 곳에서 일할 때는 여유가 없었던 것 같아요. 저도 뭐든지 잘해야 하고 애들이 '너무너무 신나고 즐거웠어요.' 이렇게 얘기를 해 줘야 받은 값을 한 것 같고요. 초록길에서는 그런 부담이 조금 덜했어요. 일단 오면 애들이 가장 먼저 반겨 줬으니까 애들이 저한테는 비빌 언덕이었지요. 애들 덕분이에요."

마음이 편하고 내가 뭘 어떻게 해도 다 받아들여진다는 믿음이 있을 때 자신감을 갖고 시도해 보고 훨씬 좋은 효과를 낼 수 있다.

"배운 걸 또 써먹는 것도 있었죠. 잘됐고 그러니까 자신감도 더 생겼고 그게 쌓이니까 초록길에서는 해마다 계속할 수 있었던 것 같아요."

아이들이 고길희와 함께 뒷산으로 놀이여행을 가는 날이었다. 도서관에는 출발 시간에 맞춰 아이들과 부모님들이

고길희와 아이들의 신나는 놀이여행

모여들었다. 큰 애들은 보호자가 필요 없지만 어린아이들은 보호자가 따라왔다. 고길희가 아이들에게 물었다. 여기서 제일 어린 사람이 누구냐고. 아이들이 시우라고 말했다.

"오늘은 시우가 어리신이야. 여기서 제일 높은 분이 어리신이야. 우리는 어리신의 말을 들어야 해. 어리신이 힘들다고 하면 쉬어야 하고, 어리신이 배고프다고 하면 밥 먹어야 하고, 어리신이 집에 가고 싶다고 하면 집에 가야 해. 알겠지?"

이 모습을 지켜보며 깜짝 놀랐다. 고길희의 놀이학교는 놀면서 약자를 보호하는 인권교육도 이루어지고 있었다.

"고무신학교에서 배운 거죠. 고무신이 그렇게 하는 걸 보고요. 말뿐이 아니라 정말로 그렇게 실천했으니까. 그걸 보면서 저도 따라 하고 싶었던 거죠. 그 밖에도 애들 이름 부를 때 받침 빼고 부른다든지, 다 제 나름의 흉내 내기였던 거죠."

고길희의 놀이 프로그램은 계획 단계부터 아이들에게 열려 있었다.

"처음에는 저도 프로그램 다 짜와서 이거 하고 다음에 저

거 하고 이렇게 했어요. 그런데 점점 거기에 틈이 많이 생겼
죠. 애들이 더 하자고 하는 걸 끼워 넣을 수 있는 틈이요. 책
상에 모여 앉아 뭘 하며 놀지 같이 계획표를 짰어요. 그거
할 때가 제일 좋았던 것 같아요."

엄마들도 의견을 제시할 때가 있었는데 아이들에 의해 거
부되기도 했다.

"초록길에서 1박2일 할 땐데 라이브 쇼라고 밤에 갑자기
공연하고 엄마 아빠들이 오셔서 보고 그런 적이 있어요. 처
음엔 아마 장기자랑 할 사람 있어? 하고 내가 시작을 했겠지
만 나중에는 자기들끼리 준비했어요."

아이들은 고길희와 함께 봄에도 놀고 여름에도 놀고 가을
에도 겨울에도 놀았다. 산에도 가고 시장에도 가고 공원에
도 갔다. 이태원에도 갔고 국립박물관에도 갔고 제비를 찾
아 동네 골목을 누비기도 했다. 그중에 고길희 기억에 남는
장면은 뭘까?

"여름 되면 월드컵 공원 분수 놀이터에 가서 많이 놀았잖
아요. 아침에 비가 온다는 예보가 있었기에 분수가 안 나올
것 같았지만 그래도 공원에 갔어요. 비가 안 내리는데 분수

에 물이 안 나와서 애들의 원망과 원성이 막 들리는데, '여기 전화번호 있다야. 누구 전화할 사람?' 이렇게 해서 애들이 관리사무소에 전화하니까 '아아, 비 예보가 있어서 분수 안 나옵니다.' 하고 방송이 나왔어요. 공원에 개울을 만들어 놓았는데 거기서 더 재밌게 비 맞아 가면서 놀다 왔어요. 한마디로 엉망이었죠. 계획대로 안 되었고, 대체 프로그램도 없는 거잖아요. 근데 더 재미있었고 더 기억에 남고 애들도 더 많이 웃었던 것 같아요. 진짜로 이렇게 막 뾰족뾰족 제멋대로였던 때가 기억에 남지, 제가 잘 만들어서 했던 때는 기억 안 나요. 특히 초기에 제가 이거 하자 저거 하자 했던 일은 뭔가 했다는 기억은 있는데 뭘 하고 웃었고 뭐 때문에 재미있었는지 잘 기억이 안 나요."

너희가 지어 준 내 이름은 고기

제주도 아이들은 고길희를 뭐라고 부를까 궁금해졌다.

"아이들이 저를 고기라고 불렀잖아요. 고길희를 줄여서. 그래서 고기가 됐죠. 초록길 아이들이 아주 좋은 이름을 지어 주었네요. 극찬을 받아요. 너무 이름을 잘 지었다. 아무리 다른 사람 이름 좋은 거 말해도 고기 그러면 다 끝난다. 고기만 기억하지 다른 이름은 기억 못 해요. 처음에 아이들에게 나 고기다, 그러면 다 먹는 고기 불고기 소고기 막 이렇게 놀리면서 시작해요. 애들이 이름 하나로 만만하게 봐주니까 저는 고맙죠. 일단 재밌어야 하니까요. 요즘 제주도에서 같이 일하게 된 친구가 있는데 그 친구는 별명을 채소로 지었어요. 그래서 아이들한테 인기가 더 좋아지고 있어요. 우리 고기와 채소 세트다."

이제 쌈장이 필요하겠다고 했더니 안 그래도 기관에 새로 온 직원분이 쌈장이라고 별명을 지었다고 한다.

아직도 고기를 그리워하고 있을 초록길 아이들한테 혹시 하고 싶은 이야기가 있다면?

"또 보자. 또 보자. 언젠가 언젠가는 꼭 보자. 제주도가 됐든, 어디서든."

고길희는 이런 상상을 한다고 했다. '학교는 아니지만 동창회 하듯이 모여서 서로 좀 어색하겠지만 같이 먹고 마시다 보면 좀 나아지겠지. 그럼 또 같이 놀 수 있는 분위기가 만들어지겠지. 물론 각자 놀 거는 챙겨 와야겠지.'

고길희가 제주로 떠나기 전에 초록길에서 송년회 겸 송별식 겸 고길희 결혼식을 했다. 목포에서 열린 진짜 결혼식은 멀어서 가지 못했고, 1년 뒤에 리마인드 결혼식을 한 것이다. 신사복 입은 시우와 드레스 입은 지영이가 화동을 했고 아이들이 불러 준 〈코끼리 아저씨와 고래 아가씨〉 동요가 축가였다. 고길희가 코끼리니까 아내는 고래 아가씨.

　고길희는 "아빠는 코끼리 아저씨고 엄마는 고래 아가씨야." 하면서 아이에게 이 노래를 불러 준다고 했다. 아이가 '나는 뭐야?' 물어서 '넌 돌고래 아기야.' 하고 대답해 주고.

다음에 이어질
새로운 이야기를 기대합니다

처음 도서관을 열었던 때가 생각난다. 낡은 온풍기가 덜덜
대며 건조한 공기를 뿜어내고 아직도 나무 냄새를 풍기는
책상 위에는 각자 제집 책장을 털어서 가지고 온 책들이 분
류를 기다리며 쌓여 있다. 서가에는 듬성듬성 책들이 세워
져 있었다. 운영위원회 회의를 하겠다고 모였지만 도서관
은 처음이라 뭘 의논해야 할지 논점도 잘 모르겠고 어서 마
치고 뒤풀이나 가고 싶었다. 우리가 어떤 도서관을 만들게
될지 전혀 알 수 없는 때였다.

차차 도서관에 아이들이 오고 아이들의 엄마들이 왔다.
이런저런 프로그램이 계속 이어지며 초록길에는 초록길만

의 분위기가 만들어지기 시작했다. 각양각색의 개성과 재능과 욕구들이 한데 어우러지며 울퉁불퉁 우리들의 모습을 담아냈고, 헐렁한 결합의 사이로는 끈끈한 연대가 만들어졌다. 서로 배우고 같이 만들어 나갔다. 초록길에 온 사람들은 곧 초록길의 중요한 한 부분이 되었다.

저절로 된 것은 아니었다. 모여든 구슬들을 알아보고 한데 꿴 것은 박지현 관장의 리더십이다. "이거 같이 해 봐요.", "이거 맡아 해 보실래요?" 하며 사람마다 가진 긍정성을 끌어내었다. 오는 사람들을 환대하며 함께 할 자리를 만들어 주었고, 그래도 부족한 부분은 자신이 채웠다. 프로그램에 참여하여 수강생들과 함께 그림을 그리고, 글을 쓰고, 영어를 배우고, 아이들과 밭에 가고, 방학 캠프 때는 밥을 해서 날랐다. 바자회 때는 남편 사업장의 물건들을 털어 왔다. 내 집 뜰만 살피지 말고 넓게 세상을 보자며 회원들을 데리고 태양과바람에너지협동조합이며, 기후위기 대응 행진에도 나갔다.

　초록길 12년을 돌아보느라 옛날 자료들을 살피니 그리운 마음이 올라온다. 한때 같이했으나 이제는 떠나 있는 사람들 잘들 계신지. 무릎에 매달리던 아이들이 이제 엄마보다 더 커 버린 뒤에도 자신의 성장을 도모하며 도서관을 지키고 있는 이들에게는 무한한 감사와 사랑을 보낸다.

　함께한 모두가 주인공인 초록길 12년의 이야기는 여기서 마친다. 기억력이 부족하여, 섬세하게 살피지 못하여 빠진 이야기도 많을 것이다. 함께한 모두의 가슴에 추억으로 남아 있으리라 믿는다. 그리고 초록길도서관에 계속 이어질 새로운 이야기를 기다린다.

초록길도서관 운영위원

백미숙

시끄러워도 도서관입니다

초판 1쇄 발행 | 2023년 12월 30일
초판 2쇄 발행 | 2024년 3월 25일

지은이 박지현·백미숙
책임편집 손성실
편집 조성우
표지 일러스트 아피스토 (@apisto.illust)
디자인 권월화
펴낸곳 생각비행
등록일 2010년 3월 29일 | 등록번호 제2010-000092호
주소 서울시 마포구 월드컵북로 132, 402호
전화 02) 3141-0485
팩스 02) 3141-0486
이메일 ideas0419@hanmail.net
블로그 ideas0419.com

책값은 뒤표지에 있습니다.
잘못된 책은 바꾸어 드립니다.

동네작은도서관 초록

우리동네작은도서관 초록길